The Power: Megan Stones

The Power: Megan Stones

Ambre Sabatier

Édition: BoD - Books on Demand, 12/14 rond-point des Champs-Élysées, 75008 Paris.
Impression: BoD – Books on Demand, Norderstedt, Allemagne
Photographie de couverture: Laurie Sabatier
Conception graphique: Laurie et Ambre Sabatier
ISBN: 9782322174416
Dépôt légal: mai 2021
Loi n°49-956 du 16 juillet 1949 sur les publications destinées à la jeunesse, modifiée par la loi n°2011-525 du 17 mai 2011

Je dédie ce livre à ma famille et mes amis qui m'ont soutenue dans ce projet, et à tous les lecteurs qui m'ont conseillée.

Explicatif

Attention: Certaines scènes peuvent heurter la sensibilité de certains lecteurs (harcèlement, violence, meurtres)

En l'an 2400, les êtres humains se sont développés et ont chacun un pouvoir « magique » spécial. Sauf quelques exceptions, rejetés par la société.

Les pouvoirs sont définis par leur puissance sur une échelle de 0 à 20, les plus dangereux et plus rares à une puissance de 20.

Beaucoup d'individus utilisent quotidiennement leur pouvoir lorsqu'il n'est pas très dangereux et contrôlable. Les pouvoirs sont aussi classés en quatre catégories: faibles, moyens, puissants, extrêmement dangereux.

Les continents ont changé. Ils se sont divisés, donnant au total 10 continents sur Terre, nommés par les lettres de l'alphabet de A à J.

Introduction

Je m'appelle Megan, et j'ai 17 ans. J'habite depuis toujours le continent C, qui était au 21ème siècle l'Amérique du Nord, approximativement.

Je vis avec mes parents et ma petite sœur Lana, de 12 ans. Ma mère a le pouvoir de guérison et de régénération. C'est l'unique personne qui puisse me toucher. Pourquoi ? À cause de mon pouvoir.

Classé plus de 20. Si j'entre en contact avec la peau de quelqu'un, cette personne meurt immédiatement. On peut dire que j'ai le pouvoir de la mort.

Je considère mon pouvoir comme le pire qui puisse exister. Pour moi, ce n'est même pas un pouvoir, mais une malédiction.

Mon père a le pouvoir du feu, et ma sœur de télépathie. Dans ma famille, on apprend rapidement à contrôler son pouvoir. Tous, sauf moi.

J'habitais jusque là un appartement dans une petite ville. J'allais au lycée, mais je n'avais plus d'ami depuis longtemps, à cause de mon pouvoir incontrôlable.

Aujourd'hui, mes parents, ma sœur et moi emménageons dans une grande maison, dans une grande ville, Futury. Je vais changer de lycée, et j'ai pris la décision de me considérer comme une personne sans aucun pouvoir, un Intrus.

Chapitre 1

Le lycée se trouve à environ dix minutes à pieds de mon nouveau chez-moi. Cela fait maintenant une semaine que j'ai emménagé à Futury. Et aujourd'hui, c'est mon premier jour dans mon nouveau lycée.

Je suis déjà en route, à pieds, mon téléphone sur l'application de GPS car je ne connais pas le chemin. Je me sens nerveuse, me demandant comment vont se comporter les autres élèves avec moi, si j'aurais des amis,...

Après dix minutes de marche, j'arrive en face du lycée. L'extérieur est très studieux, donnant un aspect futuriste. Devant le grand portail principal, face à moi, se trouve une place pavée blanche, avec au milieu une grande fontaine de marbre et des bancs blancs. Le portail est fermé.

Je regarde l'heure sur mon téléphone. J'ai cinq minutes d'avance. Je m'assois sur un des bancs blancs et attends patiemment l'ouverture du grand portail.

Peu à peu, beaucoup de lycéens viennent se rassembler devant le portail, en bavardant entre eux. Personne ne fait attention à moi.

Enfin, les portes du lycée s'ouvrent, et les lycéens se précipitent à l'intérieur du bâtiment.

J'entre après la foule, me tenant à l'écart.

Aujourd'hui, c'est le 28 février.

L'intérieur de l'établissement scolaire est immense, bien plus grand que mon ancien lycée. Celui-ci ressemble à...une gare de train. Je cherche à travers la foule devant moi le bureau d'accueil.

Je le trouve finalement à ma droite. Je m'y dirige, derrière lequel se trouve une femme penchée sur un vieil ordinateur. Elle ne me remarque pas tout de suite.

- Hum, je murmure.

La femme relève la tête. Elle est jeune, une vingtaine d'années, pourtant, ses yeux verts sont vieillis par la fatigue, des cernes se dessinent sous ses yeux. Ses longs cheveux bruns et raides retombent sur ses épaules et encadrent son visage pâle. Ses mains tremblent au-dessus du clavier. En soit, elle me fait peur.

- Bonjour, que puis-je faire pour vous ? dit-elle, le regard vide et le visage sans expression.

Je me demande si elle est bien vivante, ou si est-elle un zombie.

- Euh...Bonjour. Je suis...euh...Megan, la nouvelle élève, je réponds en essayant d'avoir l'air naturelle et pas du tout effrayée.

La femme ne sourit pas. Elle lève ses yeux vers moi et me fixe longuement sans rien dire, le regard vide.

- Ah oui, bien sûr. Vos papiers d'admission, murmure-t-elle.

Je fouille dans mon sac de cours à la recherche des papiers et finis par les trouver au bout de quelques minutes. Je les tends vers la dame qui les saisit, ne les regarde pas et les range dans un tiroir parmi tant d'autres.

Elle ouvre un autre tiroir et en sort un plan du lycée avec mon emploi du temps. Elle me les donne, et je les prends rapidement, pressée de m'en aller.

- Bonne chance, me dit la femme juste avant que je ne m'enfuis.

Une fois suffisamment loin de cette femme étrange, je regarde mon emploi du temps et mon premier cours de la journée. Je commence par maths. Salle 3B127.

Je déplie le plan à la recherche de cette salle. Je me repère difficilement car il y a cinq étages, contrairement à mon ancien lycée qui en compte deux.

Je suppose que la salle se trouve au troisième étage, dans le bâtiment B. Je parcours le plan du troisième étage, bâtiment B, car il y a quatre bâtiments: A, B, C et D.

Je finis par trouver la salle sur le plan. Je me rends compte que la sonnerie a retenti il y a une dizaine de minutes et que je suis bien en retard. Je cours vers les escaliers les plus proches et les gravis jusqu'au troisième étage.

J'avance dans le couloir à ma droite en cherchant le numéro de ma salle. J'y arrive enfin. La porte est grande ouverte. Je n'ose pas m'avancer dans la salle. Je reste près de la porte en cherchant du regard le professeur, qui n'est pas là.

Les élèves sont tous assis sur des chaises face à un bureau double chacun, et bavardant avec leurs amis. Personne n'a l'air de prêter attention à l'absence du professeur, ni même à mon arrivée. Je cherche une place libre et finis par en trouver une au fond de la salle, contre la fenêtre.

Je prends une longue inspiration avant de marcher vers la place vide, où je m'installe.

J'observe mon nouveau voisin de table. Il est grand et mince. Ses cheveux sont châtain et courts, et ses yeux d'un simple marron foncé. Il ne fait pas attention à moi. Il ne parle pas, et fixe le bureau face à lui.

Me demandant quelle autre personne étrange je vais encore rencontrer, je sors mes affaires de maths en silence.

- Tu es la nouvelle ? demande une voix.

Je sursaute et me tourne vers mon voisin de table qui vient de me parler. Il me regarde avec un sourire très léger.

- Euh...oui, je réponds.

- Je suis Tyler, bienvenue, dit-il.

- Moi c'est Megan. Merci.

Il m'observe avec curiosité.

- Donc tu as emménagé à Futury récemment, c'est ça ? me demande-t-il.

- Oui, la semaine dernière.

- Je suis ici depuis deux mois, à vrai dire. Donc je suis aussi nouveau.

Je hoche la tête, avant de demander:

- Le professeur est souvent absent ?

- C'est pas qu'il est absent, il est toujours en retard, me répond Tyler.

« *Il ne me demande même pas quel est mon pouvoir...* » je pense.

- J'ai aucun ami, ici. Mon pouvoir est beaucoup trop dangereux, ça, tout le monde le sait. dit Tyler.

- Vraiment ? je demande en haussant les sourcils.

- Ouais. Je préfère pas préciser mon pouvoir.

« *Bienvenue dans le club* »

Le professeur entre dans la salle. Il doit rester au plus vingt minutes avant la fin de cette heure de cours.

- Désolé du retard. Je vais quand même poursuivre le cours, déclare-t-il.

La fin d'heure de maths est longue. Lorsque la sonnerie de fin de cours retentit, je lâche un soupir de soulagement. Je n'ai jamais aimé les maths.
Je range rapidement mes affaires quand une main se pose sur mon épaule, me faisant sursauter.
J'ai un pull, donc heureusement la personne n'est pas entrée en contact direct avec ma peau, car sinon elle serait morte.
Je me retourne et fais face à une fille de mon âge, cheveux mi-longs, blonds et lisses, avec des yeux bleu clair.

- T'es la nouvelle, c'est ça ? me demande-t-elle.

Je commence déjà à me lasser que l'on m'appelle « *La nouvelle* ».

- Oui, pourquoi ? je réponds.

- Moi c'est Béatrice. J'ai le pouvoir de la super-vitesse, et toi, c'est quoi ton pouvoir ?

Tous s'arrêtent de bouger, attendant ma réponse. C'est la question que je redoute le plus, cette maudite question.

- J'en ai pas, je réponds d'une voix sèche.

J'entends des murmures dans la salle. Certains s'éloignent le plus possible de moi, d'autres sortent de la salle presque naturellement, quelques-uns me fixent avec de grands yeux, et cette fille qui me fait face me regarde de travers, avant de s'éloigner et de sortir de la salle.

Mon voisin de table Tyler et le professeur n'ont aucune réaction, comme s'ils entendent souvent cette question suivie de ma réponse.

Je me lève précipitamment de ma chaise pour sortir de la salle de classe tandis que les élèves chuchotent à mon passage.

J'ignore tous ces murmures, ces moqueries, ces insultes, et vais à mon prochain cours, physique chimie.

Après avoir longuement tourné en rond dans les étages du lycée à la recherche de ma salle de physique chimie, j'y parviens enfin et m'installe à une place libre.

Je sens les regards appuyés sur moi, et décide d'ignorer tous ces idiots. Cette heure de physique chimie passe rapidement, et à la fin du cours, j'ai droit à une pause de dix minutes.

La rumeur selon laquelle je n'ai pas de pouvoir se propage vite dans tout le lycée, et tous me regardent bizarrement.

Je vais au rez-de-chaussée, dans la cour extérieure pour prendre l'air et m'assois sur un banc. À peine suis-je assise qu'un groupe d'adolescents vient m'encercler.

- C'est notre banc, dégage l'Intrus, me dit une voix.

Je lève la tête et fixe un à un ce groupe de cinq.

Chapitre 2

- Pourtant, y'a pas votre nom dessus, je rétorque.

Le groupe est composé de trois garçons et deux filles. J'estime qu'ils ont un an de plus que moi, mais je n'y accorde aucune importance.

- Ah oui ? Sauf qu'on s'assoit toujours là, nous. Dégage, me répond une des deux filles.

Je finis par me décider à abandonner. Je prends mon sac de cours et me lève, prête à partir. Il vaut mieux pas que je cherche des problèmes dès le premier jour.
Je commence à m'éloigner, mais on m'attrape par le bras. Je me retourne brusquement, en panique, et me rappelle que j'ai un pull. Un des trois garçons de la bande m'a attrapée par le bras.

- Où tu vas comme ça ? me demande celui qui me tient le bras.

Je me dégage de son emprise sous le rire des cinq lycéens. Je ne connais pas leur pouvoir, de quoi ils sont capables, ni même qui sont-ils.

Une des deux filles plisse les yeux, concentrée, et met ses deux mains face à face.

Une balle rougeoyante se forme entre ses mains. La fille tend ses bras vers moi, et un laser rouge se dirige droit vers moi, prêt à me brûler vive.

Je plonge sur ma droite pour esquiver. Un des garçons, le plus grand, se transforme en pierre, ce qui ne me surprend pas.

Ne trouvant aucune autre solution à cette situation dangereuse, je commence à courir vers l'intérieur du lycée, sous le rire d'autres lycéens encore.

Je m'arrête net devant d'autres élèves qui me barrent le chemin. Je suis encerclée par la quasi-totalité des élèves. Je pourrai certes tous les tuer, pour qu'on me laisse tranquille, mais je ne veux pas encore me faire virer d'un établissement pour meurtre.

J'essaie de calmer ces fous, pour ne pas commettre d'erreur.

- Écoutez, je sais pas ce que vous me voulez...mais à votre place je ne le ferai vraiment pas, dis-je d'une voix tremblante.

J'eus comme réponse d'autres rires.

- Les Intrus n'ont pas leur place ici. Il faut les éliminer, me dit un des élèves.

Je regrette de m'être fait passée pour un Intrus. Autant que tous m'évitent, aient peur de moi, plutôt qu'ils risquent leur propre vie à tenter de me blesser.

J'espère qu'au moins personne ne me touchera. Je ne veux pas d'autres accidents, d'autres morts.

Soudain, la sonnerie de la reprise des cours retentit. Je lâche un soupir de soulagement lorsque tous les lycéens rentrent dans le bâtiment, me laissant seule, plantée dans la cour.

Je me décide enfin à bouger une fois tous partis. Je sais que ce n'est qu'un début, qu'il faudra que je me contrôle, et que je reste forte.

Je rentre dans le lycée pour aller à mon prochain cours, anglais. Je me sens vide et déprimée. Je ne sais plus quoi penser.

Je recherche alors longuement la salle d'anglais, mais parviens à la trouver. Je suis la dernière à entrer dans la salle. Je m'installe à une table vide et suis le cours.

À la fin du cours, je range mes affaires, puis vais en cours de français. Après mon cours de français, je suis soulagée de pouvoir aller manger, même quelque peu effrayée.

Je me dirige d'un pas traînant vers la cafétéria, l'estomac grondant. Je sens encore ces regards et murmures dans mon dos, mais continue toujours de les ignorer.

À la cafétéria, je prends une assiette de pâtes, une part de pizza, une pomme et une bouteille d'eau. Je m'installe dans un coin à l'écart, et mange seule.

Soudain, je vois tous les élèves se lever de leur chaise, le regard fixé vers le buffet de service. Je me penche en tous sens pour tenter d'apercevoir ce qui attire autant le regard des autres, et finis par voir l'aliment que je préfère au monde: un brownie au chocolat.

Je vois les élèves courir chercher un brownie. C'est presque hilarant à observer. Je constate qu'il n'y aura pas assez de brownies pour tous les élèves. Je me lève à mon tour et cours vers le buffet. J'arrive devant lorsqu'il n'en reste qu'un. Je tends la main et le prends, puis retourne m'asseoir sous les plaintes d'autres personnes qui n'en ont pas eu.

J'ai toujours été une grande fan de brownies au chocolat. Je m'apprête à manger le mien quand des élèves viennent encercler ma table. Ils sont nombreux, presque deux classes entières. Je comprends que je vais encore avoir des problèmes.

Tous fixent avec intérêt mon brownie.

« Pourquoi tant d'intérêt pour un gâteau ? »

Je trouve cette histoire ridicule.

- Tiens tiens. L'Intrus a réussi à avoir un brownie, même sans pouvoir… dit quelqu'un tout fort.

Il me suffisait juste de dire mon véritable pouvoir, d'en montrer une preuve, et tous me laisseraient tranquille.

Mais je n'ose pas parler. Je reste immobile. Je ne peux rien faire, contre tous ces élèves. Je ne veux pas être une meurtrière.

« *Tu l'es déjà* »

Des souvenirs me reviennent, et une larme perle au coin de mon œil, que je tente de chasser d'un revers de main.

***

C'était un hiver comme les autres. J'avais huit ans, et j'étais à l'école primaire. Tous connaissaient mon pouvoir. Mais...certains ne me croyaient pas. Alors ils faisaient tout ce qui était en leur pouvoir pour me faire craquer.

Ce jour-là, je m'étais assise sur un banc, pendant la récréation, et je lisais un livre. Soudain, un groupe de trois filles de ma classe arrivèrent, un sourire moqueur aux lèvres.

- Tiens tiens qui voilà. La Mort est là ! Qu'est-ce que j'ai peur ! rigola l'une d'elles.

Je les ignorais, jusqu'à ce qu'une autre m'arracha mon livre des mains.

- Tu nous échapperas pas. On sait bien que t'as pas de pouvoir, me dit celle qui avait saisi mon livre.

- S'il vous plaît, je cherche pas les embrouilles, répondis-je d'une voix calme en tendant la main vers mon livre.

Elles rirent, puis l'une d'elles me prit la main. Je hurlai lorsqu'elle s'écroula par terre, sans vie.

- Pourquoi vous avez fait ça ?! Vous êtes folles ! M'écriai-je.

Les deux autres encore vivantes commencèrent à hurler en tous sens.

- Oh mon Dieu ! Megan a tué une élève ! Au secours ! criaient-elles.

Je pleurais. Je partis en courant et m'enfermai dans les toilettes des filles.

***

Je reviens à la réalité.

- Oh tu m'entends quand j'te parle ? s'énerve une fille à ma droite.

Je les fixe tous, un par un, hésitante.

Chapitre 3

- Alors, t'as perdu ta langue ? Donne ce brownie avant que tout dégénère, me dit une fille.

Tout est ridicule. Une histoire de brownie, sérieusement ?

- Non, je réponds.

Je ne suis pas sûre de ce que je fais. Ça va mal finir.

- Pardon ? me demande toujours la même fille.

- Tu m'as très bien entendue, j'ai dit non. Je l'ai pris avant, je réponds.

Je commence à manger mon brownie en ignorant les idiots m'entourant. Si quelqu'un me touche, il mourra, je n'y peux rien.

On m'attrape par le bras, et je sursaute. J'ai toujours mon pull, tout va bien. On me tire de ma chaise.

- Stop, ça suffit, dit une voix.

Je tourne la tête vers la voix. C'est mon voisin de maths, Tyler. Je me demande pourquoi fait-il ça. Il n'a pas besoin de m'aider. La fille qui me tient le bras le relâche et s'éloigne. Les autres, autour, gagnent leur place, me laissant seule face à Tyler.

Il me tend la main pour m'aider à me relever, mais je préfère éviter de le tuer, alors je me relève toute seule.

- Pourquoi ? je demande.

- Parce que, me répond mon voisin de maths.

Il repart vers sa table, me laissant seule, plantée à côté de ma chaise. Je m'assois sur ma chaise et remarque l'absence de mon brownie. Je lâche un soupir. Tant pis.

Je prends mon plateau et vais le débarrasser, puis m'apprête à sortir de la cafétéria.

Soudain, une main se pose sur mon poignet, là où il n'y a pas mon pull. Je me tourne en sursautant vers mon interlocuteur, effrayée.

Ma vision se brouille, et je bascule dans le passé.

***

J'avais cinq ans. J'étais avec ma cousine, Carla, dans le jardin de mon oncle. Nous nous disputions sur nos pouvoirs.

- Tu as de la chance ! lui dis-je, énervée qu'elle me dise que j'avais le meilleur pouvoir qui puisse exister.

- Non, j'aimerais tellement avoir ton pouvoir plutôt que le mien ! J'aimerais trop savoir ce que ça fait ! protesta Carla.

- Vraiment ? T'es pas sérieuse ?! Tu veux vraiment savoir ce que ça fait ?! m'écriai-je en fronçant les sourcils.

Nos parents étaient restés à l'intérieur pour préparer du café, et ensuite nous rejoindre dehors.

- Vas-y si t'en es capable ! me répondit Carla.

Je la pris brusquement par le poignet, débordant de colère, hors de contrôle. Elle me lança un regard surpris avant de s'écrouler à terre, inerte. Je ne l'avais pas quittée des yeux. Je revins à moi-même et me rendis compte de ce que je venais de faire.

J'ouvris de grands yeux avant de m'écrouler à genoux et de fondre en larmes. Je poussai un cri de désespoir.

***

Je reviens à la réalité.

- Tout va bien ? me demande Tyler.

Il me relâche le poignet. Il est bien vivant, là, face à moi. Comment est-ce possible ? Il a un pouvoir de guérison ?

Je me rends compte que j'ai une drôle de tête. Je détends mon visage pour afficher un air neutre.

- Oui. Qu'est-ce que tu veux ? je réponds.

Mon étrange voisin de maths me tend un brownie.

- Tiens, c'est cadeau, comme ils te l'ont pris, me dit-il.

Je prends le brownie.

- T'étais pas obligé, mais merci, je réponds.

Il me dévisage avec curiosité.

- Pourquoi ça te perturbe tant quand quelqu'un te touche ? me demande-t-il.

Je le regarde droit dans les yeux.

- Je vois pas de quoi tu parles, dis-je d'un air innocent.

Je tourne les talons et sors de la cafétéria sans un mot. Je ne comprends pas ce qu'il vient de se passer.

Il y a trois réponses possible: soit il a un pouvoir de guérison, soit il a le même pouvoir que moi, ou bien j'ai réussi à contrôler mon pouvoir, ce qui est peu probable.

Mais en quoi un pouvoir de guérison serait dangereux, comme me l'a-t-il dit ?

Je mange le brownie puis regarde mon emploi du temps. Mon prochain cours est astronomie, une option que j'ai choisie.

Je regarde ensuite l'heure. Seulement midi quarante, et je reprends à treize heures trente. Je ne sais pas quoi faire. Comme pour me dire « *Tiens, tu t'ennuies ? J'ai une occupation pour toi.* », je vois un groupe d'élèves se diriger vers moi.

Je me lasse déjà que des groupes d'élèves stupides s'amusent à me persécuter.

- Ah, voilà l'Intrus ! s'écrie une fille de cette bande.

Je tourne mon attention vers elle. Bizarrement, son visage m'est familier, mais je ne me souviens pas où est-ce que je l'ai vue. Ses yeux s'illuminent et virent au violet, signe qu'elle active son pouvoir. Je me rappelle alors que lorsque n'importe qui active son pouvoir, ses yeux changent de couleur: jaune pour les faibles, violet pour les moyens, rouge pour les dangereux, et bleu ou vert pour les très dangereux.

Ce qui signifie aussi que…lorsqu'on me touche mes yeux deviennent bleu vif, donc Tyler a sûrement remarqué ce détail, ce qui explique qu'il a deviné que je ne suis pas un Intrus !

Je sors de mes pensées lorsque la fille disparaît pour réapparaître quelques mini-secondes après à ma droite. Son pouvoir: super-vitesse ou téléportation.

- Qu'est-ce que tu me veux ? je lui demande d'une voix sans joie.

- Tu me reconnais pas ? On était dans la même classe, en primaire. Tu t'souviens quand même de ma meilleure amie que t'as assassinée ? Et maintenant, tu dis que t'as pas de pouvoir, juste parce que t'as honte ? J'aurai ma vengeance, Megan, me chuchote-t-elle à l'oreille.

Je me souviens des trois filles venues me voir, de la fille qui m'avait touchée et moi, partie m'enfermer aux toilettes.

- Je m'en souviens, dis-je simplement.

Je l'ai dit trop fort. Le reste du groupe me regarde bizarrement.

- De quoi tu parles ? T'as complètement déconné ou quoi ? demande une autre fille de la bande.

- Laisse-la, elle rêve, ricane la fille qui était dans ma classe en primaire.

- Bon alors, on élimine toujours tous les Intrus, c'est ça ? s'impatiente un garçon.

- Ouais, mais le problème, c'est que c'est pas un Intrus, répond la fille à ma droite.

Je commence à paniquer. Oh non.

Chapitre 4

- Mais de quoi tu parles, Emma ? demande l'autre fille.

- Je connais Megan. On était dans la même classe, en primaire. C'est une menteuse. Elle a juste honte d'elle. Elle a un pouvoir, croyez-moi, si on la touche, on meurt, répond la dénommée Emma.

Tous les murmures des élèves venus admirer la scène s'arrêtent. Le temps semble s'être brusquement arrêté. L'on entend seulement la légère brise de vent. Emma l'a dit sans doute trop fort. Tous me fixent, le visage éteint.

L'autre fille du groupe commence à éclater de rire. Un par un, tous la suivent, partant d'un même rire.

- « *La mort* » ? Tu rigoles Emma j'espère ! s'écrie la fille en se calmant.

Les rires s'éteignent dans la foule.

- Non, vous voulez vraiment essayer ? répond Emma d'une voix posée.

- Essaie toi-même alors, puisque tu le dis, riposte la fille.

- Ça suffit, je ne suis pas une expérience, je n'ai pas de pouvoir Emma s'est trompée, je m'énerve.

Je me faufile dans la foule qui s'écarte brusquement à mon passage et me dirige vers le bâtiment.

Soudain, on me saisit par le bras et me tire à l'écart. Je ne comprends pas tout de suite ce qu'il se passe, jusqu'à ce que je vois le visage de Tyler, sourcils froncés, me dévisager curieusement.

- J'ai droit à des explications ? me dit-il.

- Quoi ? je demande.

- Tu as un pouvoir, pourquoi tu le caches ? répond Tyler.

Il me relâche le bras. Je me décide à le regarder dans les yeux. Je ne sais pas quoi répondre, si je peux lui faire confiance.

- J'ai vu tes yeux devenir bleu vif quand je t'ai touchée. Est-ce que tu finiras par me dire ce que tu caches ? ajoute-t-il.

- J'ai un pouvoir, je soupire.

Je ne sais pas ce qu'il m'a pris, mais j'ai envie de faire confiance à Tyler. Le visage de Tyler se détend.

41

- Merci pour ton honnêteté, dit-il.

- C'est tout ? je demande.

- Ouais. Je sais pas encore si je dois te faire confiance, je vais réfléchir… me répond-il.

Mes épaules s'affaissent. Tyler commence alors à rigoler.

- Quoi ? je demande, à la fois amusée par son fou rire et ne comprenant pas.

- Si tu voyais la tête que t'as fait ! rigole Tyler.

- C'est si drôle que ça ? dis-je en pouffant de rire à mon tour.

Tyler retrouve son sérieux.

- Je sais pas comment tu fais pour pas avoir d'ami, dit-il.

- Et toi donc ? je réponds en arquant un sourcil.

- Ah, on dirait bien qu'on a pas d'ami pour la même raison si je ne me trompe pas, dit Tyler avec un sourire en coin.

   Un frisson désagréable me parcourt. Je brûle d'envie de savoir quel est le pouvoir de Tyler.

- Bon, je vais te laisser tranquille, sauf si bien sûr tu te décides enfin à m'avouer ton pouvoir, me dit-il.

- À une condition, alors, tu me dis ton pouvoir aussi, je réponds.

- OK, je t'écoute.

- Ah parce que tu me fais confiance maintenant ?

- Ouais, dis-moi donc.

- Et bien, quand une personne me touche, elle meurt directement.

- Moi, je peux créer des sortes de champs de force qui tuent tous ceux à proximité. C'est bizarre quand même que je ne sois pas mort en te touchant, tout à l'heure.

Je hausse les épaules. La sonnerie des cours de treize heures retentit.

- Je dois y aller. Je commence à treize heures, j'ai philosophie en salle 1A12, me dit Tyler avant de s'éloigner vers le bâtiment.

Je décide d'aller à la bibliothèque du lycée pour passer le temps. Quand je n'ai rien à faire, je lis des livres. Je n'en ai pas en cours de lecture, alors je vais en emprunter un à la bibliothèque.

Tandis que je cherche un roman, je croise la bande d'Emma.

- Oh, regardez qui voilà , Megan, dit la fille de tout à l'heure.

Je me retourne et fais face à la bande.

- Quoi encore ? je demande.

La fille commence à ricaner toute seule. Je la regarde de travers et elle se ressaisit.

- On l'a déjà dit. Les Intrus n'ont pas leur place dans ce monde, me dit-elle.

Je croise les bras, pas impressionnée du tout. Emma et sa bande repartent sans un mot, à ma grande surprise et soulagement.

Je continue ma recherche. Soudain, une alarme retentit.

- Qu'est-ce qu'il se passe ?

- C'est quoi cette alarme ?

Les questions fusent dans la bibliothèque. Tous commencent à paniquer. Même la bibliothécaire ne sait apparemment pas ce qu'il se passe.

- Restez calmes, je vais contacter la principale ! dit-elle.

Malgré cela, les murmures remplissent la bibliothèque. L'alarme retentit toujours, déchirant les tympans. Elle commence à changer de tonalité. Tous dans la bibliothèque se tordent de douleur, les mains sur les oreilles.

Je sais que cette alarme est un test. Elle n'a aucun effet sur moi. Je repose mon livre à sa place et regarde par les fenêtres. J'aperçois alors un groupe d'une dizaine de personnes, tous habillés en noir, équipés de cagoules et armés jusqu'aux dents, se diriger vers le lycée.

Des 4*4 noirs sont garés sur le parking. Je panique.

- Alerte intrusion ! je crie.

Je me rappelle que tous sont toujours tordus de douleur. Pourquoi l'alarme ne me fait rien ?

Les personnes cagoulées rentrent dans le lycée. La bibliothèque est au rez-de-chaussée, ce qui signifie qu'ils ne tarderont pas à arriver. Je ne sais pas quoi faire.

Je finis par me décider à faire semblant de me tordre de douleur moi aussi. Cinq personnes armées ouvrent alors la porte de la bibliothèque et la referment derrière eux.

Ils commencent à tuer des élèves. Je panique encore plus. Je prépare un plan très nul et improvisé dans ma tête. Toujours avec mon excellent jeu d'acteur en ayant l'air pliée de douleur, je m'approche discrètement des terroristes.

Une fois suffisamment proche des intrus, je passe à l'attaque. Je touche la main d'une première personne, qui meurt sur le coup.

Je les tue tous un par un. Je suis à la fois satisfaite de sauver mon lycée, mais horrifiée car j'ai encore tué des personnes.

L'alarme sonne toujours. Je regarde longuement mon meurtre, remplie de diverses émotions. Je compte les victimes qu'ils ont fait. Dix lycéens.

Là encore, je ne sais pas quoi faire. Je dois arrêter ces terroristes. Une idée logique me traverse l'esprit. Je me précipite vers le téléphone posé sur le bureau de la bibliothécaire. Je compose le numéro de la police.

- Oui allô ? demande une voix.

- Je suis Megan Stones. Il y a une attaque au lycée de Futury, venez vite ! dis-je.

- Une attaque de quoi ? Depuis combien de temps ? demande le policier.

Il n'a pas l'air de me croire.

- Vous n'entendez pas l'alarme ? Je suis totalement sérieuse ! je m'énerve.

- C'est ça, on arrive, répond-il.

Je raccroche. Je ne sais pas quoi faire pour attendre la police. Si les personnes cagoulées finissaient bien par remarquer l'absence des autres personnes cagoulées que j'ai tuées, ils viendraient tous dans la bibliothèque.

Je dois m'occuper des lycéens, les mettre en sécurité. Je dois couper l'alarme. Je prends le revolver d'un des intrus inertes et tire sur les hauts-parleurs de la bibliothèque.

L'alarme s'arrête, on l'entend juste en bruit de fond. Les élèves et la bibliothécaire se calment. Je leur désigne la Réserve au fond de la bibliothèque. Tous s'y dirigent et se barricadent dedans.

La Réserve est privée, mais je sais qu'il n'y a aucune fenêtre dedans. Il ne me reste maintenant qu'une chose à faire : attendre la police.

Chapitre 5

Je reste dans la Réserve avec les autres mais en sors de temps en temps pour regarder si la police est arrivée. Je ne sais combien de temps j'ai attendu. Dix minutes ? Trente ? Une heure ?

Je sors de la Réserve pour la énième fois et regarde par la fenêtre. Trois voitures de police arrivent, la sirène perçante. Soudain surgit de nulle part un énorme camion qui percute de plein fouet les voitures de police.

Les trois voitures font un vol plané avant d'aller s'écraser contre des arbres. Aucune chance que l'un des policiers ait survécu. Le camion n'a aucune éraflure, et repart comme s'il ne s'est rien passé.

Je cours vers le téléphone et recontacte la police.

- Oui allô ? Ici la police de Futury, me dit une voix à l'autre bout.

- C'est encore Megan Stones. Vos voitures de police sont arrivées mais il y a eu un accident, les policiers sont morts ! Il faut envoyer plus de renforts ! Faites quelque chose ! C'est pas une petite attaque ! Bougez-vous à la fin ! je m'énerve.

   Soudain, j'entends des pas devant la porte d'entrée de la bibliothèque. Je cours vers la Réserve, le téléphone en main. La porte d'entrée s'ouvre. Je n'ai pas le temps de me cacher dans la Réserve. Je me cache derrière une étagère, en panique.

- Il s'est passé quoi ici ?! C'est quoi ce bordel ?! s'écrie une voix grave.

   Cette voix me donne des frissons dans le dos.

- Allô ? Mademoiselle Stones, vous êtes toujours là ? demande le policier à l'autre bout du téléphone que je tiens toujours en main.

« Mince, j'ai oublié de raccrocher »

Je raccroche immédiatement. Heureusement, les terroristes n'ont pas entendu. Je jette un œil discret entre les livres vers les inconnus. Ils sont sept.

- Ils ne doivent pas être bien loin. Ils sont forcément encore ici, continue la même voix.

J'entends des bruits de pas se rapprocher.

- Ils doivent être dans la Réserve, suppose une autre voix moins grave.

J'entends les pas s'accélérer et se rapprocher. Je ne sais pas si je peux tous les tuer.

Je sais qu'ils vont surgir à ma gauche, et vont me voir si je ne bouge pas. Je dois quand même essayer. Un premier terroriste surgit à ma gauche. Je me lève et pose ma main directement sur son cou. Il meurt, et je place le cadavre devant moi pour en faire un bouclier. Les autres tirent sur leur camarade mort.

Je prends l'arme de ma victime dont le sang gicle sur le sol, et tire sur les six autres cagoulés qui s'écroulent par terre.

Mes pieds baignent maintenant dans une marre de sang. Je jette le pistolet par terre, dégoûtée. L'envie de vomir me vient rapidement.

J'ai peur. Je ne me reconnais pas.

Je m'inquiète pour Tyler. Est-ce qu'il est vivant ? Je prends une cagoule de l'un des terroristes et la mets. Comme je suis déjà habillée en noir, c'est plutôt bien pour moi.

Je prends aussi quelques armes et sors de la bibliothèque. L'alarme me parvient alors, forte. J'ai un plan, improvisé, mais un plan. Je marche dans les couloirs en cherchant des escaliers. Je croise bien une vingtaine de personnes toutes cagoulées, ce qui m'effraie encore plus.

Le numéro de salle de Tyler est 1A12, ce qui veut dire que c'est au premier étage, bâtiment A.

J'aperçois alors au bout du couloir des escaliers. Je me dépêche de traverser le couloir et commence à monter les escaliers.

- Hé, toi ! crie soudain une voix qui me fait sursauter.

Je me retourne. Au pied des escaliers me fixe une personne cagoulée. Je sais par sa voix que c'est une femme.

- Tu vas où ? me demande-t-elle.

- Au premier étage, vérifier qu'il ne reste pas d'autres lycéens en vie, je mens.

- T'es nouvelle je suppose. Vas-y mais reviens vite, me répond-elle.

Je finis de gravir les marches d'escaliers. J'arrive dans un nouveau couloir. Je cherche alors la salle 1A12. Je la trouve facilement, la porte fermée.

J'ouvre la porte et la referme derrière moi. On s'apprête à m'attaquer. J'enlève ma cagoule et la jette par terre.

Je reconnais Tyler lorsqu'il s'arrête net dans sa tentative pour me tuer.

- Tu m'as fait peur ! Tu fais quoi là ? me demande-t-il.

- Je suis venue voir si t'es vivant ! J'ai failli me faire prendre, je réponds.

- Il reste des élèves vivants ?

- Oui, pas beaucoup. On doit trouver une solution, j'ai appelé plusieurs fois la police, ils finiront par arriver, mais il y a beaucoup trop de terroristes !

- Et donc je suppose que tu veux tuer tout le monde ?

- Ils doivent bien être des centaines, mais on va bien trouver une solution, les policiers sont pas aussi nombreux, on doit les aider.

  Je réfléchis. Peut-être pendant dix minutes. J'ai soudain une idée.

- J'ai une idée, mais si ça marche pas, on est morts, dis-je.

- J'ai pas peur de la mort, me répond Tyler.

- En fait, c'est plus une supposition, et une idée farfelue, je précise.

  J'explique mon idée. À la fin de mes explications, Tyler hoche la tête en signe de compréhension.

- Ça peut marcher, rien est impossible, ajoute-t-il.

Je hausse les épaules.

- On y va alors, dis-je en remettant ma cagoule.

Tyler prend une autre cagoule et des armes sur un cadavre de terroriste – j'ai supposé qu'il avait fait comme moi et tué les personnes cagoulées – et nous sortons de la pièce, armes à la main.

Nous allons au rez-de-chaussée, dans le hall, où sont rassemblés des centaines d'intrus. Aucun ne prête attention à notre arrivée. Arrivés bien au centre du hall, nous enlevons nos cagoules.

- Hé, vous ! Vous faites quoi ?! nous crie une voix.

J'ignore la personne qui vient de nous crier dessus et saisis le poignet de Tyler. Je ferme les yeux, concentrée. J'entends alors un grand bruit sourd, puis plus rien.

J'ouvre les yeux. Le sol est jonché de cadavres de terroristes, et d'une grande marre de sang. Je relâche Tyler. Ça a marché. Aucune personne cagoulée n'est vivante. J'entends la sirène de la police.

Je lève les yeux et aperçois plusieurs policiers se diriger vers moi. On me passe des menottes.

- Mademoiselle Stones, vous êtes en état d'arrestation pour le meurtre de centaines de personnes. Vous avez droit à un avocat pour votre procès et de garder le silence, me dit-on.

Je n'avais pas pensé à ça. Même si Tyler et moi avons sauvé le lycée, nous avons tué des personnes. On m'emmène dans une voiture de police, dans un silence glacial.

Je ne suis qu'une meurtrière. Pendant le trajet, je fixe juste le paysage défilant par la fenêtre. J'arrive ensuite au commissariat de police. On me place dans une salle d'interrogatoire.

C'est comme dans les films d'enquêtes policières. J'attends, seule, dans cette salle, assise sur une chaise et face à une table. L'atmosphère est déprimante, et moi, stressée.

La porte s'ouvre. Un homme entre. Il doit avoir la trentaine d'années, grand, blond, des yeux sombres, l'expression neutre. Il tient un dossier à la main.

Il s'assoit sur la seule chaise vide, face à moi.

- Bonjour Megan. Je suis l'inspecteur Loki. Je vais te poser quelques questions sur ce qu'il s'est passé aujourd'hui. Tu répondras en toute sincérité, me dit-il.

Chapitre 6

Je hoche la tête en signe d'approbation.

- Donc tu es élève du lycée de Futury, c'est ça ?
me demande l'inspecteur.

- Oui, je réponds.

- Alors, où étais-tu lorsque l'alarme s'est
déclenchée ? continue-t-il.

- Dans la bibliothèque. Je cherchais un roman, je
m'ennuyais.

- Et donc l'alarme n'a eu aucun effet sur toi, c'est
ça ?

- Oui, je sais pas pourquoi.

- Que s'est-il passé ensuite ?

- Tout s'est passé vite. Je me demandais ce qu'il se passait. J'ai regardé par la fenêtre et vu des personnes cagoulées. Je ne comprenais pas et je paniquais. C'était peut-être un test, qui visait les personnes qui ne craignent pas l'alarme. Un groupe de terroristes sont entrés dans la bibliothèque. Ils ont commencé à tirer sur les élèves. Je pouvais pas rester là, à rien faire, alors je les ai attaqués et tués.

- Tu as le pouvoir de la mort ?

- Oui.

- Poursuis donc.

- Ensuite, j'ai tiré sur les haut-parleurs pour arrêter l'alarme. J'ai barricadé les élèves dans la Réserve et j'ai appelé la police.

- Pourquoi ne pas avoir sagement attendu la police ?

- C'est ce que j'ai fait. Seulement trois voitures de police sont arrivées. Un camion a surgi et les voitures se sont écrasées contre un arbre. J'ai rappelé la police. Pendant mon appel, d'autres terroristes sont entrés, j'ai dû raccrocher. Ils allaient trouver les élèves et les tuer. Alors j'ai tué les terroristes…

   Je continue mon récit dans les moindres détails. À la fin, Loki se lève.

- Ce sera tout. Ton procès est demain. Si tu racontes exactement la même chose, tu devrais être tenue comme non-coupable. C'était que de la légitime défense, et il y aura quelques témoins. Bonne chance, dit-il.

Il sort de la salle d'interrogatoire. Quelques minutes après, on m'amène dans une autre pièce, plus petite, comme une salle d'attente.

Mes parents et ma petite sœur sont là, assis sur les chaises. Ma mère me prend dans ses bras et me serre contre elle, les larmes aux yeux.

- Pourquoi Megan ? Il t'est passé quoi par la tête ? marmonne-t-elle.

Je me dégage gentillement de son emprise et la regarde dans les yeux.

- C'est bon maman je vais m'en sortir, tout le monde allait mourir si je faisais rien, j'explique.

Elle me donne une petite tape dans le dos.

- Tu aurais pu attendre la police ! Tu n'avais pas à tuer des gens ! On serait pas là ! s'exclame-t-elle.

- Même la police ne pouvait rien faire, ils étaient trop nombreux, je riposte.

Ma mère soupire.

- Tu iras en pensionnat, pour contrôler ton pouvoir, déclare-t-elle.

- Quoi ?! Mais pourquoi ?! je m'énerve.

- C'est pour ton bien, tu en as besoin ! réplique ma mère.

Je n'arrive pas à y croire. Je ne veux pas aller dans un pensionnat. Je commence à haïr le monde entier. Je sors de la pièce d'un pas vif.

- Megan ! Attends ! m'appelle ma mère.

Je l'ignore. Les policiers m'attrapent les deux bras, et on m'emmène dans une chambre.

- Tu restes ici jusqu'à ton procès, me dit-on.

Ils ferment la porte à clé, sans même allumer la lumière. Je ne prends pas la peine d'allumer la lumière. Je m'effondre, le dos appuyé contre un mur, la tête dans les genoux. Je fonds en larmes.

J'ai tué tellement de personnes, mauvaises ou pas. C'est ce que j'ai toujours fait. Comme si lorsque j'ôte encore la vie d'un humain, mon pouvoir contrôle tous mes mouvements.

Ma mère a raison. Je dois contrôler mon pouvoir. Je me relève et cherche l'interrupteur tant bien que mal. Je le trouve et allume la lumière.

La chambre est composée d'un lit, d'une armoire, d'un bureau avec une chaise, et d'une autre porte. Aucune fenêtre. Curieuse, j'ouvre la deuxième porte. Il y a une salle de bain. Je reviens dans la chambre et ouvre l'armoire pour en sortir des vêtements simples et ternes.

Je prends une douche et m'habille, puis m'écroule sur le lit, épuisée. Je m'endors presque immédiatement en oubliant d'éteindre la lumière.

***

J'ouvre les yeux au moment-même où quelqu'un toque à la porte. Je me lève du lit en baillant.

- Vous pouvez entrer, dis-je suffisamment fort pour qu'on m'entende.

La porte s'ouvre et deux policiers entrent.

- C'est l'heure du procès, Megan, me disent-ils.

Je les suis hors de la chambre. Nous marchons dans les couloirs, puis on sort du commissariat. Je monte à l'arrière de la voiture de police, pas menottée cette fois. Le trajet est court mais dans un silence de marbre.

La voiture s'arrête devant un immense bâtiment avec l'inscription :

« *Palais de Justice* »

Je sors de la voiture, toujours accompagnée des deux policiers, et nous nous dirigeons vers le palais de justice. Une fois à l'intérieur, bondé de monde, nous esquivons quelques journalistes et passons d'immenses couloirs au sol marbré.

J'entre dans une grande salle de procès. Je m'installe à ma place, et mon jugement commence.

Tout se passe bien. J'ai un bon avocat, les témoins sont de mon côté, et je récite ce qu'il s'est passé. Au final, le juge me déclare non-coupable.

Je repars avec mes parents et ma petite sœur. Je me demande où est Tyler, et ce qu'il est devenu. Je monte dans la voiture de mes parents. Pendant tout le trajet, nous restons silencieux.

Nous rentrons enfin chez nous. J'ai l'impression de ne pas y être allée depuis des années, alors que cela fait seulement depuis hier matin.

- Tu prends tes affaires et on va au pensionnat, d'accord ? me dit ma mère.

Je hoche la tête et sors de la voiture, accompagnée par ma mère. Nous entrons dans la maison, silencieuses. Je vais dans ma chambre, prends une valise et y engouffre un maximum d'affaires. Je referme la valise et sors de la maison, ma mère sur les talons.

J'ouvre le coffre de la voiture et y mets ma valise, puis je referme le coffre et remonte dans la voiture.

Nous allons alors au pensionnat. Je fixe tristement le paysage par ma fenêtre. Quelques minutes après, je sors de la voiture, valise à la main, et me dirige vers le pensionnat.

- Megan, attends ! m'appelle ma mère.

Je m'arrête et me retourne au moment où ma mère me serre contre elle.

- On ne se reverra pas avant bien longtemps…dis-nous au revoir, au moins… bougonne-t-elle la voix tremblante.

Elle s'écarte. Le vent fait balancer ses longs cheveux brun foncé et lisses. Je la fixe dans ses yeux verts. Elle me tend alors une feuille.

- Tiens, c'est ton dossier d'admission, me dit-elle.

Chapitre 7

Nom : **Stones**

Prénom : **Megan**

Âge : **17 ans**

Date de naissance : **19/06/2382**

Genre : **Féminin**

Pouvoir : **Mort imminente par contact direct avec la peau**

Puissance de pouvoir : **20**

Danger de pouvoir : **Très dangereux/ Mortel**

Nom de la mère : **Stones**

Prénom de la mère : **Alysée**

Âge de la mère : **45 ans**

Date de naissance de la mère : **04/10/2355**

Pouvoir de la mère : **Guérison/ Régénération**

Puissance de pouvoir de la mère : **14**

Danger de pouvoir de la mère : **Moyen/ Puissant**

Nom du père : **Stones**

Prénom du père : **Bryan**

Âge du père : **45 ans**

Date de naissance du père : **02/05/2355**

Pouvoir du père : **Feu**

Puissance de pouvoir du père : **18**

Danger de pouvoir du père : **Puissant/ Dangereux**

Le patient a-t-il un frère et/ou une sœur ? **Oui, une sœur**

Si oui :

Nom de la sœur : **Stones**

Prénom de la sœur : **Lana**

Âge de la sœur : **12 ans**

Date de naissance de la sœur : **17/07/2387**

Pouvoir de la sœur : **Télépathie**

Puissance de pouvoir de la sœur : **19**

Danger de pouvoir de la sœur : **Très dangereux**

Je m'arrête dans ma lecture.

- Pourquoi ils ont besoin d'autant d'informations ?
je demande, méfiante.

- Oh, je sais pas...Ce doit être utile...Va dire au
revoir à ton père et ta sœur, me répond ma mère.

Mon père et ma sœur sortent de la voiture à ce
moment, en même temps.

« *On pourra toujours se parler mentalement. Si je
progresse encore, on pourra communiquer depuis
la maison, je l'espère* » me dit mentalement Lana.

« *D'accord...Merci, Lana. On se reverra bientôt de
toute façon, ne t'en fais pas...* » je pense.

Ma petite sœur me sourit. C'est agréable de revoir
son sourire, même si ça ne dure qu'un court

instant. Je me tourne vers mon père qui s'est arrêté devant moi.

- Megan...On ne s'entend pas vraiment bien, tous les deux, et on discute pas beaucoup...Je suis désolé, je pense que j'aurais dû être plus présent...Enfin bref, passe un bon séjour, me dit-il.

Je hoche la tête d'un air peiné. Même si je ne vois pas souvent mon père car il travaille beaucoup, et qu'il y a parfois un malaise entre nous, je l'aime, et je sais que c'est quelqu'un de bien.

- Faites bien attention à Lana, vous deux. Qui sait, j'aurais peut-être le droit de vous appeler ? je réponds à mes parents avec un sourire.

- Peut-être, me répond ma mère avec un petit sourire triste.

Sur ce, mes parents s'éloignent sans se retourner, et je les fixe jusqu'à ce que la voiture parte. Je reste quelques instants plantée là, devant le pensionnat. Je finis par me décider et me dirige vers le grand bâtiment. L'extérieur est moderne, s'il n'y avait pas le grand écriteau qui orne le grillage on pourrait penser que c'est une entreprise.

Tout ce que j'espère, c'est m'y plaire, cependant je trouve la fiche de dossier suspecte, car pourquoi ils ont besoin même d'autant d'informations sur les pouvoirs de ma famille ?

Je passe l'entrée dans la propriété, qui est juste un petit portillon encadré par le grillage blanc d'au moins deux mètres. Je marche sur un chemin de gravillons bordé d'une pelouse simple. J'arrive devant les portes automatiques qui s'ouvrent à mon passage.

J'entre à l'intérieur. L'espace ressemble surtout à un château. Le sol est fait de marbre gris clair, un immense lustre orné de chandelles pend au plafond. Il y a un escalier centré et couvert d'un tapis rouge, et de grands tableaux et statues décorant la pièce. À ma droite se trouve un bureau comme dans les entrées aux parcs d'attractions, avec une grande baie vitrée.

Une femme me fixe d'un regard presque glacial qui me fait frissonner. Elle doit avoir la cinquantaine d'années. Elle porte de petites lunettes et un collier de perles blanches. Elle a des cheveux châtain grisâtre noués dans un chignon strict, et ses yeux noirs ne m'inspirent que frayeur.

Génial, l'accueil. Je me rassure tout de même, après tout, il ne faut pas se fier aux apparences…

Je me dirige vers elle et affiche un sourire forcé. À ce moment je veux juste partir en courant.

- Bonjour, dis-je avec mon faux sourire et d'un air enthousiaste.

- Bonjour, vous êtes la nouvelle c'est ça ? me répond la dame avec son regard foudroyant.

Au moins elle pourrait sourire et faire un effort…

- Euh…oui, je réponds en lui donnant mon dossier.

Elle le regarde à peine pour me le rendre presque immédiatement. Je sursaute lorsqu'un « Dring » résonne brusquement. La femme prend son téléphone et répond à l'appel. En attendant, j'observe plus attentivement le hall. Il y a une grande peinture d'un paysage de montagnes avec un lac au dessus des escaliers.

- Dans le bureau du directeur, juste en face, la porte, dit soudainement la femme d'un ton sec.

Je me retourne vers elle et comprends qu'elle s'adresse à moi.

- Euh...d'accord, merci, je réponds.

Pressée de partir loin de cette femme, je m'éloigne vers la porte située à côté de l'escalier avec une inscription « Directeur ». Arrivée devant, je toque.

- Entre, me répond une voix.

J'ai comme une impression de déjà entendu, je ne sais plus où…

- N'aies pas peur de moi, s'impatiente la voix.

J'entre dans le bureau. Le directeur me sourit dès mon entrée. Il doit avoir une vingtaine d'années. Il est pâle, des cheveux blonds et courts et des yeux marron clair. Ses yeux sont cernés et il a l'air épuisé. Son sourire lui donne un air psychopathe, mais je préfère garder mon opinion pour moi.

- Bonjour, Megan, me dit-il.

Je referme la porte du bureau avant de le gratifier à nouveau. Je ne le connais pas, mais je connais sa voix.

- Euh...bonjour...comment connaissez-vous mon nom au juste ? je réponds.

- Assieds-toi, je t'en prie, détourne-t-il.

Je m'assois sur la chaise face à lui, de l'autre côté du bureau. Je remarque une bonbonnière posée dans le coin. Le directeur la fixe avec envie. Je n'ai jamais été fan de sucreries. Le directeur prend un bonbon. Il commence à déballer le petit emballage.

- Bon, vous allez répondre à ma question, puis prendre mon dossier ? je m'impatiente.

- On a tout le temps ! Un bonbon ? me répond le directeur avec son sourire insupportable et en me tendant la bonbonnière.

- Non merci, je réponds en gardant mon calme.

Il repose la bonbonnière toutefois en continuant à s'en gaver. Il commence à vraiment m'agacer.

- J'ai une question, Megan, dit-il.

- Oui ? je demande.

- Comment tu as fait pour tuer une centaine de personnes cagoulées en même temps ?

Je me lève brusquement et aplatis mon dossier sur le bureau.

- Ça ne vous regarde pas. Et comment êtes-vous au courant ? Ce n'est ni écrit dans mon dossier et je ne vous ai à aucun moment parlé de personnes cagoulées ! je m'écrie.

Je n'attends pas sa réponse et quitte le bureau en trombe avec ma valise dont j'avais presque oublié l'existence. Je ne sais pas ce que je dois faire.

- Chambre 124, me déclare alors la dame de l'accueil en tendant des clés.

Je me dirige vers elle et saisis les clés. Je m'apprête à repartir quand je me rappelle d'une chose.

- Vous n'auriez pas un plan du bâtiment ? je demande.

Elle pince les lèvres avant de me tendre ce qui semble être un plan.

- Merci, je dis en le saisissant.

Je m'éloigne en farfouillant des yeux sur le plan à la recherche de la chambre 124. Je la repère au premier étage. Je m'engage dans les escaliers du hall en gardant un œil sur le plan.

J'arrive au premier étage et marche dans un couloir. Soudain, je percute quelqu'un.

- Pardon, je m'excuse en gardant la tête baissée, concentrée sur le plan.

- Megan ? Qu'est-ce que tu fais là ? me demande une voix familière.

Je relève la tête et découvre Tyler.

- Je pourrais te poser la même question ! je m'écrie.

Je suis contente d'avoir au moins un visage familier ici, d'autant plus que c'est le seul point positif que je trouve à cet endroit.

- Tu viens d'arriver ? me demande Tyler.

- Ouais ! Je m'apprêtais à découvrir ma chambre...et toi, tu es là depuis quand ? je réponds, enthousiaste.

- Seulement hier...désolé, j'ai un emploi du temps à suivre, je dois y aller. On se verra plus tard.

- D'accord, à plus !

Nous repartons chacun de notre côté. J'arrive enfin devant ce qui est censé être ma chambre, mais quelque chose cloche. La porte est grande ouverte. Je ne comprends pas tout de suite et jette un œil à l'intérieur. Une silhouette surgit alors de nulle part. Je panique.

Chapitre 8

Je reconnais immédiatement l'intrus. Tout en noir, cagoule noire, armé jusqu'aux dents. Il fait partie de l'organisation des cagoules noires.

La fenêtre de la chambre est cassée, les tiroirs ouverts, tout est en vrac, comme un cambriolage. L'inconnu tente de m'assommer avec une planche en bois venue de nulle part, que j'esquive.

- Qui êtes-vous ? je tente de demander.

Comme je m'y attendais, aucune réponse. La cagoule noire continue de m'attaquer, mais n'essaie pas de me tuer visiblement, juste de m'assommer, ce qui me laisse perplexe. Pourquoi voudraient-ils me kidnapper vivante ?

Je me défends du mieux que je le peux. Je repère sur l'étagère non loin un vase. Sans réfléchir je plonge sur le côté au moment où mon agresseur tente de m'asséner un coup de poing en pleine face.

Je bondis sur mes pieds et m'empare du vase que je fracasse sur la tête du cambrioleur. Celui-ci s'effondre sur le sol.

J'enlève sa cagoule et titube en arrière en découvrant le visage de mon oncle. Je m'écroule sur le lit. Les questions fusent dans ma tête, je vois flou.

Pourquoi mon oncle m'a attaquée ? Est-ce que c'est par vengeance pour ma cousine que j'avais tuée par accident ? Mon oncle avait toujours été très gentil avec moi, et compréhensif. Je me sens trahie. Blessée. Les larmes me montent aux yeux, je ne vois plus rien. Alors je dois me méfier à ce point de ma propre famille ? Je replonge dans mes souvenirs.

***

J'étais à genoux devant le cadavre de ma cousine. Je pleurais toujours. J'entendis des pas précipités. Mes parents et mon oncle arrivaient en courant de la maison. Ils n'étaient pas là, plus tôt, ils ne nous surveillaient pas car ils avaient confiance en moi et ne pensaient pas une seconde que ça puisse arriver. Mes parents me fixaient avec horreur et dégoût. Ils m'avaient tous rejoint.

- Megan ! s'écria mon oncle.

Sa voix s'était brisée. Il regardait tour à tour ma victime, puis moi. Je n'arrivais pas à déterminer son expression, s'il était dégoûté, horrifié, triste, ou même furieux.

- Megan...lâche-la, tu veux ? Ce n'est rien, on est là maintenant. Éloigne-toi de...(je remarquais qu'il se retenait de pleurer)...de ta cousine...me murmura mon oncle.

Je lâchai doucement le corps inerte de Carla et regardai mon oncle dans les yeux.

- C'est pas grave, me répéta-t-il.

- Je l'ai tuée...murmurai-je.

- C'était...un accident, me coupa mon oncle.

Je continuai de pleurer.

- Va manger quelque chose à la maison...je dois discuter avec ta tante et tes parents...ne t'en fais pas, tout va bien se passer...me rassura-t-il.

Je hochai la tête puis partis en courant vers la maison.

***

J'avais treize ans, bien après l'incident. Mes parents avaient décidé de rendre visite à mon oncle que nous n'avions pas vu...et bien depuis l'accident.

- Ah ! Voilà ma nièce préférée ! s'écria mon oncle en me voyant, avec un large sourire.

Je lui souris en retour.

- Pas de favoritisme avec tes nièces, tu veux ? le gronda ma mère.

En réponse, il leva les yeux au ciel.

- Tu m'as bien manqué, Megan. On mange ? dit-il en m'adressant un clin d'œil.

***

Je reviens à moi. À présent je me dis que tout cela n'était que purs mensonges. Il m'en veut toujours, il avait juste fait comme si tout allait bien, alors qu'au fond il me déteste plus que tout. Je reste là à fixer le mur sans vraiment le voir et en laissant couler mes larmes sur mes joues pendant quelques instants, puis Tyler finit par arriver.

- Il s'est passé quoi ? J'ai entendu du bruit alors je suis venu…me dit-il, visiblement paniqué.

Il regarde tour à tour mon oncle, puis moi.

- Megan, dis quelque chose s'il te plaît ! Et c'est qui lui ? me demande-t-il.

Je détourne le regard du mur pour regarder Tyler.

- C'est mon oncle, il m'a attaquée, je l'ai juste assommé…il fait partie des cagoules noires, je réponds enfin.

Tyler réfléchit. Il semble mal à l'aise, hésitant.

- C'est bizarre, cette histoire. Tu veux que j'aille chercher quelqu'un ? Le directeur peut-être ? finit-il par me dire.

- Surtout pas le directeur ! N'importe qui, mais pas lui ! je réponds en me rappelant cette dernière rencontre.

Tyler hoche la tête avant de repartir. Peu après son départ, j'aperçois par la fenêtre de la chambre les mêmes 4*4 noirs qui ont attaqué le lycée. Ils sont garés devant le pensionnat. Des personnes cagoulées en sortent en même temps.

Bon sang, combien sont-ils dans cette organisation en sachant que j'en ai tué des centaines ? Ils se dirigent vers l'entrée du pensionnat. Je sors de ma chambre en courant et percute Tyler de plein fouet.

- On part, je déclare.

- Quoi ? Mais j'ai ramené quelqu'un...me répond Tyler, surpris.

Je regarde par dessus son épaule. La personne en question est la dame de l'accueil.

- Les gens cagoulés arrivent, on part, j'explique plus ou moins.

- Hein ?! Mais ils nous poursuivent, c'est pas possible ! me répond Tyler.

- On dirait bien…

J'entends des pas précipités dans le hall. Je croise le regard de Tyler, et en même temps nous commençons à courir vers le bout du couloir où j'aperçois une fenêtre.

La femme de l'accueil nous appelle et crie je-ne-sais-quoi. J'arrive au bout du couloir et ouvre la fenêtre. Je regarde où je suis censée atterrir. Ce n'est pas très haut, donc je peux sauter sans risque. En bas, il n'y a que des buissons et de l'herbe.

Je m'assois au bord de la fenêtre et saute.
J'atterris dans l'herbe et me foule la cheville
gauche, mais j'essaie d'ignorer la douleur. Tyler
atterrit quelques secondes après à côté de moi.

- On va où ? Je connais pas la ville…je demande,
paniquée.

- Aucune idée ! me répond Tyler, visiblement
alarmé lui aussi.

- N'importe où ! Je te suis !

Tyler commence à trottiner, et je le suis. Je ne sais
pas où nous allons, mais je lui fais confiance. Nous
courons pendant ce qui me semble être une
éternité. Nous traversons des rues, puis arrivons
dans une forêt. Il n'y a pas vraiment de chemin.
Nous débouchons sur une petite clairière, avec
une maison abandonnée.

Sans hésiter, Tyler entre à l'intérieur, et je le suis,
soucieuse. L'intérieur est toujours meublé, et fait

ancien. La maison est légèrement poussiéreuse mais convenable.

- On est où ? C'est quoi cet endroit ? je demande.

- C'était la maison de ma grand-mère. Elle est morte l'année passée. Je viens souvent ici parce qu'avec mes parents...c'est compliqué, des fois, me répond Tyler.

Je préfère ne pas demander de détails, et change de sujet.

- Il faut que j'appelle mes parents, il y a un téléphone ?

- Non, il faut surtout pas les appeler. On peut faire confiance à personne, surtout après avoir découvert que ton oncle fait partie des personnes qui nous poursuivent. On sait pas de quoi ils sont capables. Ils peuvent même écouter les conversations téléphoniques, des fois.

Je hoche la tête en signe d'approbation. Mon ventre émit alors un gargouillement.

- Il y aurait pas quelque chose à manger ? Je meurs de faim, dis-je.

- Ouais, j'ai fait la réserve, me répond Tyler en souriant.

Chapitre 9

Je suis Tyler jusque dans une cuisine. Elle a un style plutôt vintage, les meubles sont en bois vernis et le mur au fond de la pièce est de briques rouges. Il y a une table haute en bois foncé faisant office d'entrée sur la cuisine ouverte, avec deux chaises hautes. Tyler ouvre le réfrigérateur, qui est plein.

- Tu restais longtemps ici ? je demande.

- Ça dépendait des fois...Avant j'habitais dans la ville voisine, j'allais dans un autre lycée mais c'était pas loin d'ici. Mes parents s'en fichent un peu, alors j'entretiens l'endroit du mieux que je le peux, me répond-t-il.

Je hoche doucement la tête en signe de compréhension.

- Je suis pas très proche de mon père, à cause de son travail et des accidents que je provoque. Je comprends mieux pourquoi mon oncle m'a attaquée, c'est sans doute parce que j'ai tué...ma cousine...Il doit m'en vouloir terriblement, j'explique, le regard vide.

- Ce genre d'accidents m'arrive souvent aussi, je comprends. C'est pour ça aussi que mes parents sont distants avec moi. J'avais un petit frère, mais il est mort de ma faute, me répond Tyler.

Nous restons silencieux quelques minutes, comme pour peser le sens de nos mots.

- Bref, on mange ? finit par lâcher Tyler.

- Ouais, je réponds avec un sourire.

Il sort une bouteille d'eau du réfrigérateur, puis deux barquettes de plats tout fait.

- Il fallait que je prenne des trucs simples et rapides. Et aussi longue conservation, se justifie Tyler.

Je hoche à nouveau la tête.

- Ça me convient, dis-je.

Tyler met un des deux plats au micro-ondes situé à côté du réfrigérateur. Puis il sort des couverts et des verres qu'il dépose sur la table. Je sursaute lorsque le micro-ondes émet un son signalant la fin de la cuisson du plat. Tyler échange fluidement les deux plats, puis nous attendons, appuyés sur la table, bras croisés, que le deuxième plat finisse de chauffer.

« *Ding !* »

Tyler ouvre le petit four et en extrait la barquette. Nous nous installons à table et j'ouvre le film plastique de Barquette Numéro 1 pour y découvrir un cordon bleu et des nouilles. Je saisis mes couverts et commence à manger. Le repas se trouve être très bon.

- On pourra pas rester ici trop longtemps, les cagoules noires vont nous retrouver, me dit Tyler.

Je fronce les sourcils.

- Tu as raison. La question c'est jusqu'à quand on est en sécurité, là, je lui réponds.

Tyler hausse les épaules en prenant une bouchée de tartiflette accompagnée par deux tranches de magret de canard. Nous ne parlons plus jusqu'à la fin du repas. Nous débarrassons nos couverts et les lavons à la main. Je me décide à parler car ce silence commence à me gêner.

- Puisqu'il n'y a plus de pensionnat, plus rien, il faudrait qu'on essaie de contrôler nos pouvoirs seuls, je remarque.

- Bonne idée, ça risque d'être compliqué, me répond Tyler.

- Sans doute. Je pense qu'il faut déjà se concentrer, dis-je.

- Puis visualiser le pouvoir, complète Tyler.

- Et essayer de le projeter, ou le déplacer, j'ajoute.

Tyler plisse les yeux avant de partir dans la pièce voisine. Il revient quelques instants après avec une dizaine de plantes qu'il pose sur la table de la cuisine.

- Parfait, dis-je.

Je ferme alors les yeux, pour mieux me concentrer. Je visualise mon pouvoir en moi, comme une force invisible que j'essaie de contrôler et de concentrer vers ma main. Cette force résiste mais je parviens à la maîtriser. J'essaie de projeter mon pouvoir dans l'air, vers la plante située face à moi, sans avoir à la toucher.

Soudain cette force invisible m'échappe et je perds toute concentration. Je rouvre les yeux.

- J'y arrive pas, seulement à visualiser mon pouvoir et l'amener dans ma main, je déclare.

- Essaie encore, tu peux y arriver, m'encourage Tyler.

Je referme les yeux et me concentre. Après de multiples tentatives j'y arrive enfin.

- Bravo ! s'écrie Tyler avec un large sourire.

Je lui souris en retour. Tyler essaie à son tour et je l'observe attentivement. Quelques minutes s'écoulent sans qu'il ne se passe rien. Je m'assois sur une chaise, mes jambes s'engourdissant. Tout est silencieux.

Soudain, une explosion retentit. Je sursaute et me lève de ma chaise par la même occasion. Tyler ouvre les yeux. Sa plante est toujours vivante, je comprends alors que ce bruit ne vient pas de lui.

Les cagoules noires nous ont retrouvés, je pense.

Nous réagissons en même temps. Sans plus tarder j'ouvre la fenêtre de la cuisine et m'engouffre au dehors. Tyler me suit et nous courons jusqu'à la lisière de la forêt où une fois que nous sommes sûrs d'être hors de portée des intrus nous nous retournons vers la bâtisse.

La maison est en proie aux flammes. J'aperçois les cagoules noires réunies autour de la maison. Tyler saisit mon bras.

- Partons, me dit-il avec un regard attristé.

Je le suis et nous courons au hasard dans la forêt dense. Je trébuche à plusieurs reprises sur des racines et me prends des branchages dans la tête. Il s'avère que la maison se trouve non loin d'une autre ville inconnue que nous atteignons.

- On est où ? je demande.

- Aucune idée, me répond Tyler.

Nous sommes arrivés dans une ruelle sombre. Il fait nuit et je ne vois pas grand-chose à la faible lueur des lampadaires. Tyler et moi ne savons pas où aller, et nous tournons en rond pendant une éternité. Je repense à ma valise que j'ai laissée au pensionnat, ce qui ne fait que me désespérer plus encore.

- Il faudrait qu'on trouve un endroit où se réfugier, je fais remarquer.

- Tu as raison…

Nous passons près d'une banque.

- Allons-y, j'ai dix mille futurinas* de côté, dis-je.

Je n'attends pas la réponse de mon ami et entre dans la banque. Je retire 100ƒ**, puis Tyler et moi sortons de la banque. À peine nous en sortons que le bâtiment explose et je me retrouve projetée en avant. Je me cogne violemment contre le sol en béton. Je perds connaissance.

* : Monnaie du futur

** : Symbole des futurinas

Chapitre 10

J'ouvre les yeux sur un plafond blanc. Je vois d'abord flou, puis ma vision se stabilise peu à peu. J'observe plus attentivement la pièce. Je reconnais une chambre d'hôpital, avec un appareil comptant mes battements de cœur et une perfusion incrustée dans mon bras.

Je ne me souviens pas de grand chose. Ma tête est lourde. J'essaie de faire un effort et de me concentrer. Les souvenirs affluent soudainement lorsque j'aperçois un tableau de la ville de Futury, face à mon lit.

La panique me gagne. Et si les cagoules noires débarquent, là ? Je dois quitter l'hôpital en toute vitesse.

Je sursaute lorsque la porte s'ouvre, laissant entrer une infirmière. Elle est petite, des cheveux blonds attachés en queue de cheval, et des yeux d'un bleu océan.

Elle porte une blouse blanche d'infirmière classique, des pantoufles blanches et tient un dossier à la main. Le mien, sans doute.

- Ah, tu es réveillée, constate-t-elle.

Les questions affluent dans ma tête, mais je ne dis rien. À vrai dire ma gorge est douloureuse et sèche.

- Je vais essayer de t'expliquer ce qu'il s'est passé. Il y a eu une explosion dans la banque, déclenchée par une fuite de gaz, et tu te trouvais à côté par malheur. Il n'y avait personne avec toi. Des personnes ont été alertées par le bruit et ont appelé les pompiers. Tu es dans l'hôpital d'Uruna, ville voisine de Futury. Tu n'as pas de blessure grave, seulement ta cheville est foulée et tu as eu un choc au dos. Ça ne t'empêchera pas de bouger, il faudra juste faire attention, m'explique l'infirmière.

- Je peux partir quand ? je demande d'une voix rauque.

- ...en fait tes parents ont demandé à t'opérer d'urgence, me répond-elle.

- Quelle opération ? Et où est Tyler ? je demande, inquiète.

- Pour ta cheville...il y a un léger problème...et qui est Tyler ? J'ai oublié de préciser qu'il y avait des traces de sang et de lutte par terre. Je n'en sais pas plus, ça concerne le FBI cette enquête. Ils t'interrogeront sûrement une fois que tu seras rétablie.

Si tout va bien, pourquoi opérer ma cheville ? L'effroi s'empare de moi. Tyler est peut-être mort, ou en danger, peut-être s'est-il fait kidnapper par les cagoules noires ! Je n'ai pas le temps de poser d'autres questions que l'infirmière me plante une piqûre dans le bras, et ma conscience me quitte.

***

Je me réveille en sursaut et faillis hurler en voyant d'abord mon bras ouvert et rougeoyant. Je vois une brume noire flotter autour de mon bras, je devine que c'est mon pouvoir.

Je suis encore dans une salle blanche, d'opération cette fois, et cinq infirmiers et chirurgiens me dévisagent. L'un d'eux tient une pince et s'apprête à me ôter cette brume.

Son acolyte se tient à côté et n'avait sans doute aucune intention. Une infirmière se tient à un bureau dans le coin de la salle, fixant un ordinateur avec toutes sortes d'informations sur moi, un micro juste à côté.

Une troisième infirmière s'apprêtait à échanger le sachet maintenant vide de ma perfusion, et le dernier vérifiait plus tôt mes battements de cœur.

Je ne peux m'empêcher de vomir mes nouilles et mon cordon bleu sur le sol carrelé.

- La patiente s'est réveillée en pleine opération. Alerte maximale. Préparez-vous à intervenir, marmonne l'infirmière du micro.

- Tout va bien se passer, c'est bientôt fini, me rassure l'infirmier à la pince.

- Non ! je m'écrie.

Tous sont surpris et reculent d'un pas. Je lis la frayeur sur leurs visages. Tous s'arment de piqûres et ciseaux, en essayant de rester discrets, mais ça ne semble pas être leur point fort.

La colère grimpe alors en flèche, et j'arrache mes perfusions et autres « trucs » médicaux dont je ne connais pas le nom. Je me lève du lit d'opération.

- Ne vous approchez pas ! je m'écrie en mettant en garde les infirmiers.

Mon bras commence à me brûler. Je n'y fais pas attention, je ne dois pas perdre ma concentration car certains pourraient en profiter pour me piquer.

- Megan, nous voulons juste t'aider, et tes parents aussi, pour mettre fin à tous ces problèmes, tente Monsieur Pince armé désormais de ciseaux au bout pointu.

L'acolyte de Monsieur Pince affiche un air confus en fixant mon bras normalement ouvert. Je regarde une fraction de secondes mon bras devenu intact, comme si on ne me l'avait jamais ouvert, jamais eu d'opération, rien. Monsieur Pince profite de cet instant de confusion pour tenter de m'attaquer.

Je tente de me défendre mais je commets une grave erreur en le touchant. Sans surprise Monsieur Pince meurt sur le coup sous le regard horrifié des autres.

Alors je ne trouve rien de mieux que de fuir. Je sors de la salle d'opérations et cours au hasard dans les couloirs. J'aperçois au bout d'un couloir un ascenseur et monte à l'intérieur. Je me fiche d'être encore en tenue d'hôpital, je vais au rez-de-chaussée et pars en courant sans que personne ne me retienne.

Pieds nus, je cours dans les rues inconnues, et je finis par arriver encore dans la même forêt que Tyler et moi avions empruntée...hier ? Avant-hier ? Je ne sais combien de temps je suis restée inconsciente.

J'ai toujours été très rapide, première aux courses à pieds organisées par le collège. Je me prends encore de multiples branches et racines, trébuche mais me relève. Ma cheville m'élance toujours, ma tête me tourne.

Je vais au hasard dans une vaste forêt qui m'est inconnue. J'entends soudain des pas derrière moi. Je panique, puis espère que ce soit Tyler, ou même ma famille ? Je me retourne et ouvre de grands yeux.

Chapitre 11

C'est une personne cagoulée. Je refais face aux arbres et accélère encore. Je cours juste au hasard, me perdant plus encore dans la forêt. Je repense à ce qu'il s'est passé plus tôt à l'hôpital, cette opération où on a tenté de me retirer mon pouvoir.

Je ne comprends pas comment mon bras s'est régénéré, ce n'est pourtant aucunement mon pouvoir...Est-ce que c'est ces infirmiers qui ont apporté des modifications à mon pouvoir ? Mais comment ?

Ce n'est pas logique, de plus que tous ont été surpris que mon bras se régénère. J'essaie d'éclaircir mes pensées. J'ai comme l'impression que les pouvoirs sont des êtres vivants, qu'ils ne font pas vraiment partie de nous. Et je ne comprends pas ce que me veulent ces cagoules noires.

L'épuisement me gagne peu à peu, cependant la personne cagoulée me poursuit toujours. Je suis piégée, sans réponse, et je risque de me faire capturer par mon poursuivant.

J'aperçois alors un grand bâtiment à quelques mètres. L'espoir m'envahit. Est-ce que je vais pouvoir arriver dans une autre ville ? Me réfugier quelque part ? J'accélère encore, sprintant.

Je sens mon poursuivant ralentir derrière moi, comme s'il a peur de ce mystérieux endroit. Je ne m'arrête seulement une fois arrivée devant un grillage métallique et d'après le bourdonnement perceptible sous tension.

Le haut du grillage est couvert de barbelés. L'endroit est effrayant et repoussant, comme une prison. Le bâtiment se dresse face à moi, rectangulaire et noir métallisé. Il en est presque éblouissant par le soleil qui se reflète sur ses murs.

Il y a un large espace bétonné où se trouvent quelques adolescents jouant au basketball, d'autres me fixant depuis les gradins d'où ils regardaient plus tôt le match qui se joue.

J'aperçois à ma gauche une entrée solidement cadenassée et encadrée de deux soldats armés.

Un adolescent se lève des gradins et se dirige vers le bâtiment. À ma grande surprise une partie du mur s'ouvre comme une porte coulissante sous le passage du jeune homme.

Il y disparaît. Quelques secondes après ressortent par cette même entrée deux hommes et une femme. Ils se dirigent vers moi, maintenant face à l'entrée du grillage.

Je jette un œil rapide derrière moi. La personne cagoulée a bien disparu, ce qui est très suspicieux. Je distingue peu à peu les traits des trois inconnus qui se dirigent vers moi.

Ils doivent tous avoir la trentaine d'années. La femme a des cheveux blond platine noués en une queue de cheval et des yeux marron foncé. Elle est vêtue d'une veste noire avec un pull kaki, un jean bleu et des baskets blanches.

Le premier homme est roux, et a des yeux d'un bleu très vif, presque artificiel. Il porte un tee-shirt gris basique avec un jean bleu clair et des baskets blanches.

Le deuxième homme est blond foncé aux yeux verts. Il est habillé d'un jogging noir simple, un sweat gris foncé et des baskets noires.

- Bonjour, me salue poliment la femme.

Je ne sais pas quoi dire. Je cherche mes mots.

- Bonjour...quel est cet endroit ? je demande.

- Qui es-tu ? Si tu es un espion des cagoules noires tu peux partir, nous ne mettons pas nos adolescents en danger, me répond la femme en fronçant les sourcils.

- Je suis Megan Stones...les cagoules noires me poursuivent justement, croyez-moi, j'implore presque.

- Megan Stones…? Entre, me dit simplement la femme.

Mon instinct me dit que je peux leur faire confiance, au pire, je peux me défendre. L'homme blond fait un signe aux soldats qui ouvrent les grilles. Je passe l'entrée puis ils referment le grillage derrière moi.

114

Je ravale difficilement ma salive en me rassurant tant bien que mal.

- C'est un refuge pour adolescents. Beaucoup viennent se réfugier ici car ils sont comme toi poursuivis par les cagoules noires à cause de vos pouvoirs trop puissants, ou pour problèmes familiaux. Les cagoules noires ne viennent pas ici car c'est un lieu hautement protégé, ils ont peur de nous ou peut-être qu'ils ont juste décidé de nous laisser tranquilles pour le moment, m'explique toujours la femme.

Ça ne ressemble pas vraiment aux cagoules noires de laisser les personnes tranquilles, donc cela m'étonne un peu.

- Ah, et je ne me suis pas présentée. Je m'appelle Jessy, voici Tony (elle désigne le blond) et voici Finn (elle désigne le roux).

Je hoche la tête.

- Ton nom ressort beaucoup ces derniers temps. Tu es dans le journal et un adolescent arrivé hier prétend te connaître, ajoute Jessy.

Mon cœur fait un bond dans ma poitrine.

- Tyler ? je demande avec espoir.

- Je ne sais plus son nom, me répond Jessy.

Tony et Finn partent sans un mot de plus vers le terrain de basket-ball. Jessy et moi sommes arrivées au pied du bâtiment où se trouve normalement la porte. La partie basse du mur coulisse et nous nous avançons dans le bâtiment. Jessy ouvre une autre porte en métal qui a l'air très lourde vu son épaisseur.

- Autant de sécurité ? Les murs aussi sont blindés ? je demande en haussant les sourcils.

- Oui, pour éviter toute attaque, nous prenons le maximum de précautions, me répond Jessy.

Nous arrivons dans un petit hall d'entrée. L'intérieur est plus joli et moderne, quoi que simple. Tout est blanc, gris et noir. Le hall est encadré par de grands couloirs blancs. Jessy se dirige vers le couloir de droite, et je la suis.

Nous passons devant des portes numérotées. Je me sens en sécurité, mais un peu oppressée par cet endroit. Je n'arrive pas à définir mon impression clairement.

Jessy et moi nous arrêtons devant la porte 056.

- Je dois aller surveiller les autres. Quand tu te sens prête tu peux aller nous rejoindre dehors en prenant le même chemin. On fait des exercices pour contrôler vos pouvoirs. Si tu as faim euh...Tyler sait où est la cafétéria, me dit Jessy.

- D'accord, merci beaucoup, je réponds simplement.

Jessy hoche la tête avant de repartir dans le couloir. Une fois qu'elle est hors de ma portée je me décide enfin à ouvrir la porte et entrer en prenant une grande inspiration. L'intérieur est une chambre simple, sans fenêtre mais plusieurs lampes pour garder une bonne luminosité.

Je découvre Tyler recouvert de bleus et blessures, assis sur le lit. Il ne faisait rien avant mon arrivée, peut-être fixait-il juste le sol.

- Megan ! s'écrie-t-il, le visage s'éclairant.

Le soulagement de le voir en vie me gagne.

- Tyler, tu m'as fait peur ! je lui réponds en m'asseyant face à lui.

- J'ai un tas de choses à te raconter ! me dit-il.

Chapitre 12

- Après l'explosion de la banque, je me suis écrasé contre une voiture. J'étais encore conscient mais blessé, je saignais, je voulais m'assurer que tu allais bien alors j'ai commencé à ramper sur le sol, puis des cagoules noires ont surgi. Ils essayaient de me kidnapper, je me suis débattu du mieux que je le pouvais, j'ai dû utiliser mon pouvoir mais j'étais faible, épuisé, puis la police est arrivée alors j'ai fui...je ne voulais pas te laisser je suis désolé, raconte Tyler.

- C'est pas grave, au moins tu es en vie, je lui réponds.

- Et toi, il s'est passé quoi ?

- J'ai fini à l'hôpital, je me suis réveillée en pleine opération, ils essayaient de m'enlever mon pouvoir, puis je me suis enfuie et une cagoule noire m'a poursuivie, enfin longue histoire…

- Je comprends. Je me sens en sécurité, ici. Je pense qu'on peut leur faire confiance.

- Je suis d'accord…

Je prends compte de la fatigue et de la faim qui me tiraille le ventre. Mon ventre émet un gargouillement.

- Ah, désolée, je pense que je vais aller manger un peu à la cafétéria, dis-je.

- Pas de soucis je vais t'accompagner, me répond Tyler.

Je me relève rapidement contrairement à Tyler grimaçant au moindre de ses mouvements. Maintenant qu'il est debout je me rends compte qu'il est encore plus faible et blessé que ce que je pensais plus tôt. Nous ressortons de la chambre.

J'essaie d'aider Tyler qui semble près de s'effondrer au moindre pas.

- Tu aurais du te reposer, plutôt, je lui fais remarquer.

- T'inquiète pas ça va, me répond-il.

Je me demande si sa dernière phrase n'est pas plutôt de l'ironie car ça ne va pas du tout. Heureusement le réfectoire ne se trouve pas très loin car nous y parvenons rapidement. Il n'y a personne.

C'est juste une vaste pièce avec des tables et chaises grises, un buffet comme dans une cantine classique et une file pour parvenir jusqu'au buffet.

Je prends un plateau.

- Tu veux manger quelque chose ? je demande à Tyler.

- Oh je vais juste prendre une bouteille d'eau, me répond-il.

Je hoche la tête et me sers de pâtes à la sauce tomate, une bouteille de Coca-Cola, une pomme et un brownie. Je pose mon plateau sur la table la plus proche du réfectoire et m'assois. Tyler s'installe face à moi et je mange tranquillement tout en bavardant avec mon ami.

Ce repas me fait du bien et je reprends des forces. Tyler semble aussi moins souffrant. Après manger je débarrasse mon plateau et Tyler et moi sortons du réfectoire.

- Ça te dirait d'aller s'entraîner avec les autres, dehors ? Jessy m'a dit qu'on pouvait les rejoindre quand on veut, je propose.

- Pourquoi pas, me répond Tyler.

Nous nous dirigeons vers la sortie, puis arrivons à l'extérieur. Les adolescents et Jessy y sont toujours. Il doit y avoir une trentaine d'ados, cette fois. Jessy nous aperçoit et nous sourit.

- Ah, Megan et Tyler, venez, nous dit-elle.

Nous rejoignons le groupe qui nous dévisage curieusement.

- Bien. Vous aurez chacun un exercice selon votre pouvoir. Nous allons diviser le groupe en groupes de six à quinze, en plaçant par catégories, explique Jessy.

Tous hochent la tête.

- Alors, d'abord ceux qui ont un pouvoir télépathique, intellectuel, tout ce qui se rapporte au cerveau, la mémoire, les souvenirs, venez à ma gauche, poursuivit Jessy.

Huit personnes vont se placer à la gauche de Jessy. Je repense à ma petite sœur Lana. Si elle avait été là elle serait allée avec ce groupe…

Mais peut-être ne la reverrais-je jamais. Tout comme mes parents. Que font-ils en ce moment même ? Et mon oncle, qu'est-il devenu ? Est-ce que mes parents l'ont vu ?

Je me sens triste à l'idée de ne plus jamais revoir ma sœur. Je secoue la tête en chassant ces pensées de mon esprit et me concentre sur les instructions de Jessy.

- Maintenant les pouvoirs se rapportant aux quatre éléments, ou à l'électricité, à ma droite, dit Jessy.

Une dizaine de personnes vont à la droite de Jessy.

- Et enfin tout ce qui se rapporte à la mort ou aux blessures...vous allez venir avec moi pendant que les autres iront avec Tony et Finn, termine Jessy.

Nous sommes six à suivre Jessy dans un coin du terrain extérieur, sous un préau.

- Bien, installez-vous en ligne. Comme il y a deux nouvelles arrivées, vous allez rapidement présenter votre pouvoir tour à tour, dit Jessy.

Nous hochons la tête.

- Megan, commence.

- Et bien...j'ai un pouvoir de mort imminente. Si on me touche, on meurt sur le coup...j'explique.

Je m'attends à des regards surpris, effrayés, mais non, aucune réaction de la part des autres.

- Tyler, vas-y.

- Je peux créer des champs de force puissants.

- Nelly ?

- Mes mains sont comme des couteaux. En touchant quelqu'un, sous mon contact des plaies se forment, répond la dénommée Nelly.

Je me tourne vers la provenance de sa voix. Elle doit avoir dix-sept ans. Elle a des cheveux longs et légèrement ondulés, châtain roux. Ses yeux sont marron foncé. Elle porte un chemisier kaki, un jean noir et des baskets blanches.

- Harry ?

- Je peux créer une brume brûlante.

Le dénommé Harry doit avoir seize ans. Il a des cheveux châtain clair et de grands yeux verts. Il est vêtu d'une veste en cuir noir sur un tee-shirt simple blanc, avec un jean noir et des baskets noires.

- Amélia ?

- Je peux rendre quelqu'un gravement malade.

Amélia doit être la plus âgée du groupe. Elle a entre dix-huit et vingt ans. Ses cheveux sont bruns et courts, et ses yeux marron clair. Elle porte un pull noir simple, un jean bleu et des baskets noires.

- Et enfin Wyler ?

- Je peux faire moisir n'importe quoi.

Wyler est le plus jeune, il doit avoir douze ans. Il est blond avec des yeux gris étonnants. Il porte une tenue de sport noire et grise avec des baskets.

- Bien, commençons l'exercice. Vous devez essayer de projeter votre pouvoir sur ces plantes.

Ne vous en faites pas, on les ressuscitera, dit Jessy.

Après ces quelques instructions elle se place à côté de moi et m'observe. Alors je refais l'exercice comme je l'avais fait avec Tyler il y a quelques temps. Cette fois j'ai l'impression que tout est plus simple.

« *Tout va bien se passer, je vais y arriver...Il faut que je contrôle mon pouvoir...* » je pense.

Après ces pensées j'ai l'impression que mon pouvoir se laisse aller, et je repense à mon hypothèse sur le fait que les pouvoirs sont vivants.

« *Tu as compris Megan, tu as tout compris* »

Cette voix dans mon esprit ne vient pas de moi, non...Est-ce que j'ai rêvé ou mon pouvoir vient de s'adresser à moi ? Alors j'ai raison ?

Chapitre 13

J'oublie cette hallucination et me concentre sur la plante. J'y arrive facilement, sans problème. La plante est morte lorsque j'ouvre les yeux.

- Bravo Megan, me félicite Jessy, surprise.

« *Je pense que mon travail s'achève ici. Tu as assez souffert, appris, compris. J'ai été horrible avec toi et je le regrette. Je vais céder, tu pourras me contrôler comme bon te semble* » retentit la même voix dans ma tête.

Cette fois je peux confirmer que ce n'est pas une hallucination. Je suis bouleversée, perdue. J'ai besoin de réponses, encore et encore plus de réponses. Cependant cette présence que j'ai toujours sentie tout au long de ma vie a disparu.

Je me sens bizarre, plus légère. Mais je ne sais pas ce qui vient de se passer. J'espère avoir des réponses, un jour.

Jessy a changé ma plante par une nouvelle. À nouveau, cette fois plus rapidement, je parviens à la tuer.

- Tu y arrives vraiment bien Megan. Tu devrais essayer avec autre chose...des humains, par exemple. Pouvoir esquiver des personnes face à toi pour tuer quelqu'un encore plus loin. Je sais pas si tu vois ce que je veux dire, me dit Jessy.

- Oui, j'ai compris...c'est trop risqué…

- Je ne t'oblige à rien, bien sûr. C'est juste...une idée ? Continue à t'entraîner avec des plantes, essaie d'autres techniques…

Je hoche la tête. Jessy part observer les autres du groupe, et je poursuis mon entraînement. Soudain, j'entends un cri. J'ouvre soudainement les yeux et tourne la tête vers la provenance du cri, et découvre Jessy, le visage verdâtre, respirant difficilement.

- C'était un accident ! Je ne sais pas comment...dit Amélia, effrayée.

J'analyse et imagine la scène de l'accident. Jessy observait Amélia, elle a dû mal contrôler son pouvoir qu'elle a utilisé sur Jessy. Ce qui me ramène au présent.

- Comment on peut la guérir ? je demande.

- Il faut des médicaments particuliers...on en trouve dans une pharmacie précisément de Futury...il faut y aller vite car elle peut en mourir, et si quelqu'un s'en aperçoit on est morts ! me répond Amélia.

 Je me demande ce que ça fait si quelqu'un d'autre est au courant. Ce serait pourtant plus logique de prévenir un adulte, ou de demander l'aide d'une personne avec un pouvoir de guérison...ma mère par exemple.

- Aidez-moi s'il vous plaît ! me supplie Amélia à présent.

J'hésite. Amélia, désespérée, commence à traîner Jessy vers une voiture garée le long du grillage. Heureusement pour elle les deux autres groupes sont loin, on ne les voit pas. Je lance un regard interrogateur à Tyler comme pour demander son avis mais il me répond par le même regard.

Je me décide et suis Amélia. Je l'aide à mettre Jessy dans le coffre de la voiture, ce qui me dégoûte car j'ai l'impression que c'est un cadavre, comme dans les films où les meurtriers mettent un cadavre dans le coffre de la voiture pour ensuite l'enterrer ou le couler sous l'eau.

Tyler nous rejoint, et bientôt tout le groupe nous rejoint, sauf Harry qui ne bouge pas.

- Tu viens pas ? lui demande Amélia.

- Non, je vais veiller à ce que personne remarque rien, répond Harry.

Amélia hoche la tête puis monte à l'avant de la voiture, côté conducteur. Nelly s'installe côté passager, donc je n'ai pas d'autre choix que d'aller à l'arrière avec Tyler et Wyler.

La voiture démarre et se dirige vers la grande grille où les soldats postés à mon arrivée sont partis, il n'y a donc plus personne. Nous prenons un grand risque en quittant le refuge car les cagoules noires peuvent tenter de nous kidnapper, ou nous tuer…

Nous restons tous silencieux. Je ne sais rien de mes accompagnateurs, je ne les connais même pas, sauf Tyler bien sûr. Le trajet semble durer une éternité, l'ennui me gagne rapidement. Nous finissons par arriver devant une pharmacie, et Amélia gare la voiture sur le parking face au bâtiment.

Une fois à l'arrêt, elle se tourne vers nous.

- Un de nous doit rester ici surveiller si y'a pas des cagoules noires. Une ou deux personnes, nous dit-elle.

- Je vais rester là, je décrète.

- Moi aussi, ajoute Tyler.

- Bien, comme vous voulez alors, répond Amélia en sortant de la voiture.

Nous sortons tous de la voiture, Tyler et moi pour avoir un meilleur angle de vue sur la pharmacie et la rue. Amélia, Nelly et Wyler partent jusqu'à disparaître dans la pharmacie.

- Je suis finalement jamais tranquille, je soupire.

- On est deux alors ! Toujours des problèmes ! me répond Tyler.

- Dire qu'il y a quelques jours je venais d'emménager ici...J'aurais aimé que ça se passe différemment...Une semaine de là je n'aurais jamais pensé qu'il puisse m'arriver tout ça.

- Quand ce sera fini, tu feras quoi ?

- Oh, je sais pas trop, je suppose que je finirais le lycée, comme si rien s'était passé...et je ferais des études...et toi ?

- Je ferais des études littéraires…

- Ah, tu veux faire un métier précisément ? Je pensais personnellement devenir astronome, ou sinon…éditrice.

- Je comptais devenir écrivain, ou travailler dans l'édition.

- Oh, tu as déjà écrit des histoires ?

- Oui, une en particulier.

- C'est génial ! Je la lirai un jour.

Un grand écran accroché dans la rue attire mon attention.

*« **Pouvoirs hors de contrôle, les gens deviennent fous ! (Plus d'informations sur le journal du vendredi 14 mars ci-dessous)** »*

Je donne un coup de coude à Tyler et désigne l'écran. Je repère juste en dessous des journaux déposés dans un meuble, sans personne à côté.

- Je vais en prendre un, bouge pas, dis-je à Tyler.

Je me dirige vers les journaux, en prends un et reviens vers Tyler. À mi-chemin je vais volte-face en entendant des cris et aperçois un groupe d'une cinquantaine de personne l'air mécontent brandissant de grands panneaux déboucher dans la rue.

« **Les pouvoirs devraient avoir plus de liberté !** »

« **Nous ne sommes pas fous** »

« **Que fait le gouvernement ?** »

« **Liberté aux pouvoirs ! Changeons la loi !** »

La foule se dirige un peu plus vers moi alors je presse le pas pour rejoindre Tyler. Soudain, j'entends une explosion. Je me retourne en découvrant, horrifiée, des magasins en ruine, le grand panneau ayant subi le même sort.

- Ils sont vraiment fous ! Leur pouvoir prend le contrôle, dis-je à Tyler.

Mon ami hoche la tête.

- Ils vont faire sauter la pharmacie si ça continue, on doit prévenir les autres, me répond-il.

Je jette le journal sur le toit de la voiture et nous courons tous deux vers la pharmacie. Une fois à l'intérieur, je découvre un endroit saccagé. Les étagères sont renversées, il n'y a personne. Aucune trace d'Amélia, Nelly et Wyler.

Je remarque une porte au fond de la pièce principale. Je l'ouvre sur une petite réserve vide, avec juste une autre porte que j'ouvre sur une autre rue.

- C'est quoi ce bordel, lâche Tyler.

- On dirait bien qu'ils sont partis et nous ont abandonnés...retournons à la voiture, dis-je.

Nous sortons dehors puis contournons la pharmacie pour revenir à la voiture. Nous montons à l'intérieur car les portières ne sont pas verrouillées. Je vois alors au coin de la rue surgir mes ennemis.

- Oh non...non...non, non, non...je marmonne.

- Quoi ? me demande Tyler.

- Et si en fait ils nous ont pas abandonnés ? Et si...ils ont été kidnappés ? je réponds en fixant les cagoules noires.

Chapitre 14

Ni Tyler ni moi ne démarrons la voiture. Nous observons la scène qui se défile sous nos yeux. Je m'attends à tout sauf ça. Les manifestants se rapprochent de la pharmacie qu'ils font exploser.

Les cagoules noires s'avancent derrière eux. Ils sont une vingtaine. L'un d'eux lance une bombe sur les civils. J'ouvre de grands yeux. La bombe explose et du sang gicle même jusqu'à notre voiture.

J'ai envie de vomir. La fumée commence à s'évaporer et je détourne le regard du cauchemar de membres déchiquetés éparpillés devant la pharmacie et sur le parking. Tyler n'attend pas plus longtemps et démarre la voiture.

Nous roulons à toute vitesse. J'ouvre les tiroirs à l'avant à la recherche d'un sac à vomi, j'en trouve un et vomis mes pâtes à la sauce tomate.

Tyler ne semble pas plus affecté par l'horrible scène à laquelle nous venons d'assister. Nous sommes passés à côté de notre mission principale : les médicaments. C'est même pire, maintenant.

Je me rappelle du journal que j'ai oublié sur le toit de la voiture. Je ne pourrais pas savoir plus sur ce qu'il se passe, alors.

- C'est ça que tu cherches ? me demande Tyler en secouant le journal sous mes yeux.

- Oh tu y as pensé ! Merci, je réponds en m'emparant du journal.

Je ne le lis pas tout de suite. Je pense avoir vu assez d'horreurs pour le moment. Après avoir vu tout ce dont les cagoules noires sont capables, qu'est-ce qu'ils pourraient infliger à Amélia, Nelly et Wyler ? Bien que je les connaisse à peine, ils ont l'air gentils, juste des adolescents perdus, comme moi…

Et aussi, ils peuvent très bien retrouver ma famille…je n'ose imaginer ce qu'ils pourraient leur faire.

- Je me demande même si au final ça s'arrêtera un jour...soupire Tyler.

- Je sais pas...je réponds vaguement.

Nous arrivons au refuge. Harry nous ouvre la grille. Il doit penser que les autres sont avec nous, qu'on a les médicaments, que tout va bien…

Mais non. C'est encore pire. Tyler gare la voiture à son emplacement avant notre départ et nous en sortons, puis ouvrons le coffre pour libérer Jessy.

Harry nous a rejoint et comprend alors qu'il y a un problème.

- Il s'est passé quoi ? Où sont les autres ? Et les médicaments ? nous demande-t-il.

- Il y a eu un gros problème, je réponds.

- Ça se voit tellement pas dis donc ! s'agace Harry.

- Ils se sont fait kidnappés par les cagoules noires ! C'est l'horreur dans les rues ! Ils deviennent tous fous ! j'explique.

Je lui tends le journal et il lit les premières lignes.

- Alors là, bravo ! On est responsables de la disparition des autres, Jessy est malade à cause d'Amélia et en plus on a rien pour la soigner donc elle va mourir ! crie-t-il presque.

Il me rend le journal. Pas de soigneur...à moins que…

- Je connais quelqu'un qui pourrait la soigner, je lâche.

- Ah bon ? Qui ?

- Ma mère. On peut aller la voir, elle habite pas loin et je lui fais confiance.

- T'es folle ! Les cagoules noires la surveillent certainement à longueur de journée !

- Bon, tu peux te calmer un peu ? Quelqu'un va t'entendre après, intervient Tyler.

- Mais vous avez pas compris que les cagoules noires sont le gouvernement ?! Ils veulent faire des expériences scientifiques sur nous ! Si on perd autant de personnes au refuge ils viendront tous nous chercher sans problème ! poursuit Harry en ignorant la remarque de Tyler.

Le gouvernement ? J'encaisse la nouvelle comme un coup de poing en plein ventre. Tout devient logique, bien sûr. Mais si c'est le gouvernement, nous sommes tous piégés. Il n'y a aucune issue.

- Mais ils veulent faire quoi comme expériences ? demande Tyler.

- Ils comptent prendre nos pouvoirs pour former des guerriers, des soldats, avec des pouvoirs dangereux, mortels ! Et ensuite ils comptent faire la guerre contre les autres continents, prendre le contrôle du monde entier ! lui répond Harry.

Il reste une issue, mais sans doute presque impossible.

- On devrait essayer de changer de continent, dis-je.

- Maintenant qu'ils ont Amélia, Nelly et Wyler, c'est mort. Le pire c'est s'ils ont vos pouvoirs, ils seront invincibles. En plus on devra prendre l'avion, et le gouvernement surveille nos moindres mouvements, alors c'est pas possible, me répond Harry.

- Et il y aura toujours cette histoire de gens fous à cause de leur pouvoir, ajoute Tyler.

- Bon, essayons d'être clairs. On va tout expliquer aux autres. On trouvera un moyen de soigner Jessy et sauver les autres, et ensuite on quittera le continent, dis-je.

- Il est déjà tard, les vingt heures sont passées…on verra demain, Jessy survivra une semaine. Il y a un couvre-feu, répond Harry.

- Je vois…on amène Jessy à sa chambre ? je demande.

- Je m'en charge, répond Harry.

- Juste, j'ai pas encore de chambre…

- Toutes les chambres après la mienne sont vides, me coupe Tyler.

- Ah, parfait.

Nous nous dirigeons vers le bâtiment en traînant Jessy. Une fois dans le hall faiblement éclairé, Harry s'arrête.

- La chambre de Jessy et la mienne est à l'opposé de celle de Tyler...on se voit demain, dit-il.

Je hoche la tête et nous partons chacun dans notre couloir.

- Je vais enfin pouvoir dormir tranquille ! je chuchote à Tyler.

- Tu m'étonnes, je suis mort aussi, me répond-il.

- C'est sûr qu'après avoir appris que le gouvernement veut nous kidnapper et faire des expériences, qu'on doit fuir tout le temps, je vais super bien dormir ! Je vais dormir quoi, une heure ou deux ? C'est un record.

Tyler a un sourire en coin.

- Personnellement j'ai hâte de me faire kidnapper ! ajoute-t-il.

Je souris aussi. Même si ce n'est pas drôle, j'apprécie pouvoir parler avec quelqu'un, et être ironique. Nous arrivons devant la chambre de Tyler.

- Bon, passe une bonne nuit, me dit-il.

- Toi aussi, je réponds.

Il entre et referme la porte derrière lui. Je vais dans la chambre d'en face. Même si je suis épuisée j'explore l'armoire déjà remplie de vêtements féminins. Peut-être que c'est bien censé être ma chambre car j'y reconnais mon style.

Je prends de quoi faire un pyjama. Il y a une autre porte au fond de la pièce, donnant sur une petite salle de bain avec une douche. Je décide de me doucher. Après ma douche je m'allonge sur le lit et m'endors presque immédiatement.

**

J'ouvre les yeux. Je suis dans le noir complet. J'entends quelque chose mais n'arrive pas à déterminer quoi. Je me lève du lit et cherche à tâtons l'interrupteur.

Je me cogne les orteils dans l'armoire mais n'ose pas lâcher un juron. Il se passe quelque chose d'anormal. Je continue ma recherche et trouve enfin l'interrupteur.

J'appuie. La lumière ne s'allume pas. Je réessaie. Toujours pas. J'entends un cri strident. Je frissonne et mon sang se glace. Je retourne vers l'armoire et prends des vêtements au hasard pour me changer.

Quoi ? Je ne vais quand même pas sortir en pyjama…

Je me dirige ensuite vers la porte en me cognant à plusieurs reprises contre divers objets. Je parviens enfin à la porte que j'entrouvre. D'abord la lumière m'aveugle, puis j'arrive à mieux voir.

Mes yeux s'ouvrent en grand. Oh non...

Chapitre 15

Je n'ai qu'une envie : ouvrir la porte et m'attaquer aux cagoules noires. Ils tiennent Tyler et le traînent dans le couloir. Ils sont cinq. Ce qui est étonnant, c'est que Tyler ne réagit pas. Il est conscient pourtant, mais semble se laisser faire. Qu'est-ce qu'ils lui ont fait ?

J'observe le couloir plus en détail. Il n'y a personne d'autre, donc je peux agir, mais vite avant que les cagoules noires ne s'éloignent trop. Je décide de faire comme les entraînements avec les plantes.

Je me concentre mais ne ferme pas les yeux car mes ennemis se déplacent. Je parviens à contrôler mon pouvoir sans soucis, et tue une des cinq cagoules noires qui s'écroule par terre.

Les autres relâchent Tyler, confus. J'enchaîne rapidement jusqu'à ce que tous tombent morts. Je vérifie à nouveau que le couloir est vide. Aucun signe de vie. Je sors de ma chambre sur la pointe des pieds puis entraîne Tyler qui a l'air d'un zombie à semi-conscient dans une autre chambre vide.

Je fouille les cadavres et trouve un dossier. Je le prends et l'ouvre. Je faillis le relâcher en découvrant toutes mes informations personnelles.

Nom : **Stones.**

Prénom : **Megan.**

Date de naissance précise : **19/06/2382 à 23h52 à New Land*.**

Pouvoirs : **Mort imminente, régénération, guérison, invisibilité.**

Danger : **30, pouvoir anormal et sur-développé.**

Type de danger : **Mortel, trop puissant pour une personne : peut tuer le détenant de ce pouvoir.**

Spécialité : **Pouvoir très intelligent, s'intègre dans le sang à 18 ans.**

Capacité : **Rapide, grande fatigue sur longue utilisation.**

Autre : **Contrôle impossible sauf si le pouvoir cède en laissant le contrôle absolu par le détenant.**

Ville de résidence du détenant : **Futury.**

Provenance du pouvoir : **Origine plutonienne, rarissime.**

Je m'arrête là. Alors les pouvoirs sont en vrai des êtres vivants extra-terrestres qu'on nous aurait intégrés dans nos gênes ? Et pourquoi alors mon pouvoir m'a laissée le contrôle total ?

Donc je peux aussi être invisible, me régénérer et guérir. Ça n'a pas de sens, je ne comprends plus rien. En plus le pouvoir est censé s'intégrer dans le sang à dix-huit ans, qu'est ce que ça veut dire ?

Il reste d'autres pages dans le dossier, je décide de les feuilleter rapidement. Je tombe sur une page concernant Tyler.

Nom : **Parks.**

Prénom : **Tyler.**

Date de naissance précise : **28/04/2382 à 17h08 à Phoetrix**.**

Pouvoir : **Champ de force mortel, immunité aux pouvoirs mortels, eau.**

Danger : **30, pouvoir anormal et sur-développé.**

Type de danger : **Mortel, 80% de chances de tuer le détenant du pouvoir au bout de 18 ans.**

Spécialité : **Pouvoir très intelligent, s'intègre dans le sang à 18 ans (en cas de survie).**

Capacité : **Rapide, récupération rapide, grande énergie.**

Autre : **Contrôle impossible sauf si le pouvoir cède en laissant le contrôle absolu par le détenant.**

Je m'arrête là. Je ne sais qu'en penser. Bientôt, Tyler mourra sûrement. Sauf s'il fait partie de ces vingts pour cent. Tout explique le fait que lorsque je le touche il ne meurt pas.

Je peux au moins essayer de le sortir de sa transe avec mon pouvoir de guérison. Je n'ai plus aucune motivation et me sens déprimée, mais fais quand même un effort pour aller cacher les cadavres des cagoules noires dans une autre chambre vide et amener Tyler dans le couloir.

Je l'allonge sur le sol et me concentre sur mon pouvoir. Je n'ai aucune idée de comment pouvoir le guérir, au moins il n'en mourra pas grâce à son immunité.

Malgré mon gros doute j'y parviens car Tyler semble se réveiller.

- Les cagoules noires sont toujours là ? me demande-t-il à voix basse.

Je hoche la tête. Tyler me dévisage. Il a remarqué que quelque chose ne va pas.

- Qu'est-ce qu'il y a ? me demande-t-il.

J'hésite longuement. Je lui tends le dossier ouvert sur sa page. À la fin de sa lecture il me rend le dossier.

- C'est pas grave tu sais, je me fiche de mourir, je ne vois pas comment un jour je pourrais vivre normalement, de toute façon, et tu ne devrais pas t'en faire non plus. Peut-être que je survivrais, me dit-il.

Je ne réponds rien.

- Par contre je savais pas que j'ai un pouvoir d'eau, ajoute Tyler en arquant un sourcil.

- Je savais pas non plus que j'ai un pouvoir d'invisibilité, de guérison ni même de régénération...je réponds.

- Bon, je pense qu'on peut essayer de sauver le refuge parce que en ce moment même ils sont en train de se faire embarquer en hélicoptère ? Comme quand on a sauvé le lycée, dit Tyler avec un sourire.

- Bientôt dans votre journal quotidien Megan Stones et Tyler Parks, deux adolescents qui sauvent un lycée et un refuge pour adolescents en tuant les envoyés du gouvernement ! Mais en fait, ces deux adolescents sont des meurtriers ! j'ajoute.

- C'est parti pour le meurtre de centaines de personnes ! se réjouit avec ironie Tyler.

Nous nous dirigeons vers la porte d'entrée. Arrivés devant, elle s'ouvre en grand. Le soleil m'éblouit mais je parviens à m'adapter à la luminosité. Les cagoules noires sont là. Je repère les adolescents du refuge dans un hélicoptère suffisamment loin pour qu'on ne l'atteigne pas. Les cagoules noires se sont arrêtées dans leur action.

Avec Tyler nous faisons comme au lycée. On peut unir deux pouvoirs de même niveau, ce qui crée une sorte de mutation renforçant les deux pouvoirs sur un contact direct, cependant si les niveaux sont de trop grand écart, par exemple un pouvoir dangereux avec un pouvoir faible, cela peut tuer le pouvoir faible, c'est-à-dire que le détenant du pouvoir faible perd son pouvoir.

En unissant mon pouvoir avec celui de Tyler cela agrandit sa zone de champ de force et le rend plus puissant, cependant ça nous épuise deux fois plus. Et ce seulement si on entre en contact direct, dès qu'on ne se touche plus tout effet a disparu.

Le champ de force de Tyler tue toutes les cagoules noires sur le coup. Après ça nous nous dirigeons vers l'hélicoptère où se trouvent tous les adolescents dans le même état que Tyler plus tôt. Je fais un effort en essayant de faire une grande zone de guérison pour tous les guérir ensemble sans avoir à le faire un par un.

J'y parviens mais l'épuisement m'emplit sur le coup. Ma tête me tourne et ma vision se brouille.

- Megan ? Ça va ? s'inquiète Tyler.

Je m'écroule par terre et ma conscience me quitte.

***

J'avais 10 ans. J'avais une amie, Clara. Nous restions toujours ensemble. Elle était un Intrus, ce qui ne me dérangeait pas. Ce jour-là elle m'évitait et ne m'adressait plus la parole. Alors à la fin des cours j'étais allée la voir devant le portail pour lui demander ce qui n'allait pas.

- Clara, j'ai fait quelque chose de mal ? Quelque chose ne va pas ? demandai-je.

- Tu m'avais pas dit toutes les personnes que tu as tuées ; une fille dans ton ancienne école, ta cousine, le carnage en maternelle...tu es une meurtrière, tu ne mérites pas d'avoir d'ami, juste de vivre seule. Tu devrais être en prison pour ça ! me répondit-elle.

Les larmes me montèrent aux yeux.

- C'était des accidents ! Clara, je pensais compter sur toi...je ne t'ai jamais fait de mal, pour moi tu es une super amie ! Je te fais confiance et je te promets de faire attention, ça n'arrivera pas avec toi...pleurai-je.

- Et bien tu t'es trompée sur moi, je ne suis pas amie avec des meurtriers. Tu ne m'as jamais rien dit, en plus ! Si tu me l'avais dit ça se serait passé autrement ! me répondit mon amie.

- Mais...commençai-je.

- Va pourrir en Enfers ! me coupa Clara.

Elle tourna les talons et s'en alla. Il commençait à pleuvoir. Je restai là, sous la pluie, laissant l'eau m'inonder.

Le souvenir change.

J'avais 4 ans. J'étais en maternelle. Je ne comprenais pas bien mon pouvoir. J'avais cependant beaucoup d'amis. Ce jour-là j'en avais marre de ne pas pouvoir toucher les autres. Je pensais pouvoir contrôler mon pouvoir. Pendant la récréation nous étions tous restés en classe, j'en avais profité.

- Salut Megan ça va ? me demanda une de mes amies, Fanny.

- Oui ! Aujourd'hui je peux toucher tout le monde sans les tuer ! répondis-je.

- Ah bon ? me demanda Fanny.

- Oui je peux contrôler mon pouvoir !

Je posais ma main sur son bras. Elle ouvrit de grands yeux avant de s'effondrer. Je pensais qu'elle me faisait une blague.

- Aller Fanny je sais que tu me fais une blague ! rigolai-je.

« **Ça suffit** » retentit une voix en moi.

Je l'ignorais. Je voulus essayer encore sur d'autres personnes, comme une idiote. Je touchai une autre amie non loin qui s'écroula morte aussi. Je ne comprenais pas, j'étais persuadée de contrôler mon pouvoir.

161

- Qu'est-ce que tu as fait Megan ?! s'écria un de mes amis.

Tous nous encerclaient, Fanny, mon autre amie morte et moi. Ce fut alors que tous les élèves s'effondrèrent un à un sans que je les ai touchés. Je hurlai, puis pleurai. J'avais fait une erreur.

* : Actuel New York

** : Actuel Phoenix

Chapitre 16

J'ouvre les yeux et me redresse en sursaut. Je tremble de tout mon corps et transpire. Je respire lentement afin de me calmer. Je reconnais ma chambre du refuge. La lumière est allumée. Il n'y a personne et je n'entends aucun bruit.

Je m'assois au bord du lit et me lève. Toujours aucun bruit, rien. Je marche jusqu'à la porte et l'entrouvre. Personne. Seulement du silence et le couloir blanc et vide. Je sors de ma chambre et referme la porte derrière moi, à l'afflux du moindre petit bruit.

Je fronce les sourcils. Peut-être qu'ils sont tous dehors, à s'entraîner…

J'avance dans le couloir jusqu'à la porte d'entrée qui s'ouvre à mon passage. Je sors au dehors. Il fait jour et le soleil illumine le terrain de basket-ball. Personne. C'est désertique. Est-ce que tout ça n'était qu'un rêve ? Je trouve alors un téléphone portable par terre, allumé. Il marche très bien et n'a aucune fissure.

C'est un modèle de portable récent, et de haute qualité, qui coûte très cher. Je reconnais un modèle *Smartung* X5, noir, sans protection car c'est un modèle très résistant aux impacts. Il n'y a pas de mot de passe, l'accès semble autorisé à plusieurs personnes. Le téléphone est allumé sur un numéro de téléphone avec marqué : Appel il y a dix minutes.

Je reconnais le numéro de téléphone de ma mère. Pourquoi l'ont-ils appelée ? Et comment connaissent-ils son numéro ? Les voitures garées sur le parking le long du grillage n'y sont plus, sauf une.

Et s'ils sont allés voir ma mère afin de guérir Jessy ? Je retourne à l'intérieur du bâtiment pour vérifier que la chambre de Jessy est vide. Elle l'est bien. Ce qui veut dire qu'ils ont pris un risque en allant chez moi.

Les cagoules noires pourraient tous les kidnapper. Et puis pourquoi sont-ils tous partis là-bas en me laissant seule ? Je ne perds pas plus de temps et prends la dernière voiture, en gardant le téléphone avec moi.

***

Je viens d'arriver à Futury, en voiture. J'ai mis le portable en GPS car je ne connais pas les rues. Je parviens en quelques minutes chez moi, où toutes les voitures du refuge y sont garées. Je gare la voiture et en sors pour courir jusque chez moi.

J'ouvre la porte en grand et arrive en trombe. Plusieurs visages se tournent vers moi, dont celui de ma mère. Ils sont rassemblés autour d'une table.

- Ferme la porte, Megan, s'il te plaît, me dit ma mère.

J'obéis puis me tourne vers elle.

- Qu'est-ce que vous faites ? je demande afin de confirmer mon hypothèse.

On me lance un journal que je rattrape au vol. Je le déplie et le lis.

« *Un nouveau virus des pouvoirs s'installe dans notre communauté. Il évolue et contamine déjà beaucoup de personnes. Les guérisseurs se font de plus en plus rares. Une nouvelle crise épidémique ?*

Depuis une semaine déjà, les citoyens de notre continent changent. Ils deviennent violents et incontrôlables.

Un virus très dangereux et destructeur s'est installé dans les pouvoirs. Soyez prudents. Les guérisseurs sont en cours de recherches et de solutions face à cette crise. Le gouvernement veut tester une nouvelle innovation afin de sauver tous les contaminés : implanter un autre pouvoir plus puissant de personnes qui n'en ont pas besoin.

C'est pourquoi il est important que les personnes avec un pouvoir d'une puissance de 18 ou plus se rendent dans un commissariat de police, un hôpital ou encore appellent le gouvernement afin de faire don de son pouvoir et sauver le continent. »

Je replie le journal.

- C'est n'importe quoi, ce sont des mensonges ! je m'écrie.

- Non, c'est vrai, c'est juste que ça les arrange pour qu'on fasse les rats de laboratoire, me répond Harry.

Je remarque l'absence de Tyler.

- Où est Tyler ? je demande.

- Il a le virus, il est incontrôlable. Tu es restée inconsciente plusieurs jours, la moitié d'entre nous a eu le virus, c'est pour ça on a besoin de ta mère et toi. Les pouvoirs de guérison soignent ce virus, explique Harry.

- C'est pas un virus, je le coupe.

- Si, insiste Harry.

- Non, les pouvoirs se révoltent, ce sont des êtres vivants, des extra-terrestres, les scientifiques ont implanté ces êtres dans nos gênes, et le pouvoir varie et change selon notre personnalité. Et les pouvoirs sont révoltés contre nous car on se sert d'eux sans s'en soucier, je réponds.

- Et comment tu sais tout ça toi ? s'énerve Harry.

- Parce que mon pouvoir m'a parlé, et m'a laissé le contrôle...ça peut paraître totalement fou mais c'est vrai, dis-je calmement.

- C'est de la folie ! J'ai besoin d'air, crie Harry.

Il sort à grands pas de la maison. Je devine qu'il lui est arrivé quelque chose pour le mettre dans cet état. Je me tourne vers les autres.

- Il lui est arrivé quoi ? je demande.

- Il a perdu son frère hier, et sa mère est devenue folle. Il avait déjà perdu son père lorsqu'il était plus jeune, m'explique une fille.

Je hoche la tête d'un air peiné.

- J'essaie de soigner Jessy, mais ils ont attendu trop longtemps. Je pense qu'elle va en mourir, ajoute ma mère.

Je m'approche et vois Jessy mourante, allongée sur la table. Je me concentre et pose ma main sur le front brûlant de Jessy.

- Qu'est-ce que...murmure ma mère, perdue.

Petit à petit je sens Jessy refroidir et reprendre sa couleur habituelle. J'enlève ma main au moment où Jessy ouvre les yeux.

Je m'éloigne de la table. Tous saluent Jessy avec de grands sourires. Ils semblent soulagés. J'en profite pour m'éclipser de la maison. Harry est assis dans l'herbe du jardin. Je m'assois à côté de lui.

- Désolé de m'être énervé, tout à l'heure, s'excuse-t-il.

- C'est pas grave, ça arrive, je réponds.

- Tu as soigné Jessy ?

- Oui.

Il y a un moment silencieux, puis Harry reprend :

- Je m'énerve souvent pour rien. C'est parce que je pense toujours à ma situation, au chaos qui règne sur le continent, je vois aucune issue. C'est ça le problème, je vois que le négatif alors que j'ai le refuge et des amis.

- Il y a pas beaucoup de choses positives, en ces moments, mais il faut s'y accrocher. Même si je te connais pas beaucoup et qu'on est pas vraiment amis, je sais que tu es une bonne personne, et qu'il y a toujours une issue à tout.

- J'aime ta façon de penser. Je me suis mal comporté avec toi, j'aurais dû être plus sympa. Je m'apitoie toujours sur mon sort alors que tout le monde ici a des problèmes. Pour certains c'est même pire. Je suis vraiment qu'un idiot. Tu as raison, on devrait essayer de quitter le continent.

- Je ne sais même pas si mon idée marchera.

- On essayera quand même.

Le groupe du refuge sort de la maison et se dirige vers les voitures, avec mes parents et ma petite sœur. Harry se lève et me sourit. Il me tend la main.

- Je suis pardonné ? me demande-t-il.

- Ouais, mais évite de me toucher parce que je suis quand même pas sûre de contrôler tout le temps mon pouvoir, je réponds, souriante, en arquant un sourcil.

Harry affiche un sourire amusé en rangeant sa main dans sa poche. Je me relève seule.

- Rentrons au refuge, dit-il.

***

Nous arrivons au refuge. Je décide de voir Tyler, peu importe qu'il ait le virus ou non. Après hésitation on me donne les clés de la salle où il est enfermé. J'y vais directement, sans hésiter. Je fais bien attention à refermer la porte derrière moi.

Tyler est bien là, assis en tailleur sur le sol. Il semble en pleine lutte avec lui-même, et dès qu'il me voit il se calme.

- Ça va ? je lui demande bêtement.

- A peu près. C'est difficile, je lutte tout le temps contre mon pouvoir et parfois il prend le contrôle. J'ai l'impression d'avoir plusieurs personnalités, me répond Tyler en grimaçant.

- Je vois. Tu dois essayer de négocier et d'être gentil, laisse-le un peu libre, enfin sans être violent, et demande-lui pourquoi il fait ça...dis-je.

Tyler arque un sourcil.

- Facile à dire, remarque-t-il.

Soudain, il s'immobilise, comme paralysé. Je ne bouge plus non plus, à l'afflux. Je me prépare à tout.

Chapitre 17

- Bonjour, Megan, me dit Tyler d'une voix différente.

Je sais qu'à présent ce n'est pas Tyler qui me parle, mais son pouvoir. Je dois négocier avec lui, le convaincre, mais ça semble complètement absurde.

- Vous n'obtiendrez rien en luttant contre nous. Je sais que vous venez d'une autre planète, même si je ne sais pas encore qui vous êtes tous, je pense qu'on devrait essayer de vivre ensemble...j'essaie.

Je me sens ridicule. Je suis vraiment en train de négocier avec un extra-terrestre, à chercher bêtement une solution. Pourquoi est-ce qu'il m'écouterait de toute façon ?

- Intéressant…marmonne mon interlocuteur.

- Je…

Un bruit d'explosion retentit soudain.

- Qu'est-ce qu'il se passe ? je demande.

- Les cagoules noires, me répond le pouvoir de Tyler.

Même lui semble effrayé, pendant quelques secondes car ensuite Tyler s'effondre par terre, inconscient. La porte de la pièce s'ouvre en grand, et des cagoules noires font irruption.

Les terroristes m'attrapent par les bras. Je me débats, mais on m'injecte une piqûre et ma conscience me quitte.

***

Je me réveille en sursautant. J'essaie de bouger mais ne peux pas. Mes pieds et mains sont attachés à un lit d'hôpital. Je me débats, des fois que les liens ne soient pas solides, mais je ne peux rien faire.

Je m'arrête pour observer plus attentivement la salle où je me trouve. Tout est blanc. Sans fenêtre. Juste une porte, et quatre murs formant une pièce carrée.

Pas d'interrupteur pour la lumière fixée au plafond haut. Et juste un lit d'hôpital où je suis attachée. Pas d'appareil, rien.

Il n'y a pas de caméra de surveillance. Je ne sais combien de temps je vais rester enfermée dans cette pièce, attachée à ce lit. Je sursaute encore lorsque la porte s'ouvre en grand. Une femme en blouse blanche entre dans la pièce, puis referme la porte derrière elle.

Je reconnais l'infirmière de l'hôpital où j'étais allée il y a quelques jours.

- Bonjour Megan, sourit-elle en lisant un dossier qu'elle tient à la main.

- Vous, je réponds simplement en plissant les yeux.

- Oui, toujours. Nous allons t'aider et te rendre service, me dit la femme avec son sourire narquois.

- M'aider ?! En m'enlevant mon pouvoir ! C'est ça votre aide ?! je m'écrie.

- Oui, sauf qu'on ne prend qu'une partie de ton pouvoir pour qu'il soit moins puissant et plus normal, me répond-elle calmement.

- Mais mon pouvoir est normal ! je riposte.

Elle ne me répond rien et s'approche avec une piqûre à la main. Je déteste finalement les piqûres.

Toujours à m'en planter pour me calmer, m'enlever mon pouvoir.

- Calme-toi, Megan. Tu ne peux plus rien faire contre nous, maintenant. Tu es prisonnière, faible. Tu n'es...plus rien, enfonce l'infirmière.

À ce moment je déteste le monde entier. Je vois rouge. Je veux seulement qu'on me laisse vivre tranquille. Pour ça je dois sauver les autres, et nous devons partir du continent. Je ne suis pas rien, je ne suis pas prisonnière. J'ai encore mon pouvoir, je peux me défendre.

- Vous faites une grave erreur, dis-je seulement.

- Vraiment ? Tu te bats en vain, Megan. Une fois qu'on aura ton pouvoir, tu vivras normalement, en paix, me répond la femme.

- Non, vous me tuerez puisque je sais ce que fait le gouvernement et que je peux porter plainte.

- Bien vu. Le problème, c'est que c'est trop tard maintenant !

Elle brandit sa piqûre et s'apprête à me l'enfoncer dans le bras. Le temps semble alors s'arrêter. Je parviens à détacher mon bras du bout des doigts. Je dois sortir d'ici. Avec ma main maintenant libre je me détache l'autre bras et les mains, puis je me lève.

Je suis en train d'utiliser mon pouvoir, je suis peut-être invisible, et vu que mon pouvoir est rapide, je peux m'en servir en accéléré. Je prends la main de l'infirmière pour tourner la piqûre vers son bras.

Le temps reprend son cours. Dans son élan, l'infirmière se plante la piqûre dans le bras. L'effet est immédiat, elle s'écroule par terre, inconsciente.

Je ne suis même pas sûre d'être bien invisible, mais je prends le risque. J'entrouvre la porte d'entrée de la salle puis sors dans une intersection de couloirs. Il y a une dizaine de gardes cagoulés plantés autour de la porte. Je referme discrètement la porte derrière moi alors que les cagoules noires fixent celle-ci en fronçant les sourcils.

Ils ne comprennent pas dans l'immédiat. J'en profite pour m'éclipser dans un couloir au hasard. Mes doutes sont confirmés, je suis donc bien invisible.

Un des gardes réagit enfin et au moment où je disparais dans le couloir je l'entends crier :

- Le Sujet Numéro Un s'échappe !

Une alarme retentit alors, très forte, me cassant presque les tympans. Les couloirs sont blancs comme la salle, et j'ai l'impression d'être dans un labyrinthe. Je ne croise personne, aucune porte, pendant un long moment. Je trottine dans les couloirs infinis, prends des virages. J'ai l'impression de tourner en rond. Je commence à perdre espoir et à vouloir abandonner quand je perçois des voix.

Je m'avance pour déboucher sur une nouvelle intersection de deux couloirs, avec une porte autour de laquelle sont postés une dizaine de gardes. Ils sont à l'afflux, comme s'ils m'attendent déjà.

- On doit sortir le Sujet Numéro Deux ? demande un garde en criant pour se faire entendre.

- Non, la fille va venir le chercher, c'est obligé, et on doit attendre l'infirmière. On a des ordres, lui répond un autre.

Je réfléchis à toute vitesse. Si je les tue tous ça attirerait trop l'attention. Je reste plantée devant eux pendant un long moment, hésitante. C'est alors que l'infirmière en question arrive, manquant de me bousculer. Le plan le plus logique se place dans mon esprit.

Je rattrape l'infirmière et la suis au moment où elle ouvre la porte pour s'engouffrer dans la pièce. Dès l'instant que la porte se ferme je ne perds pas de temps et attrape l'infirmière par le bras.

Elle s'effondre par terre, inconsciente. Je me précipite vers le Sujet Numéro Deux maintenant conscient et manque de m'étouffer.

Chapitre 18

C'est ma sœur. Je m'attendais à voir Tyler.
Pourquoi elle ? Elle est jeune, ne devrait pas être
là. Les cagoules noires sont des monstres. Le
gouvernement est un monstre. Comment peuvent-
ils faire ça à une jeune fille de douze ans ?

Ma sœur panique. Elle regarde autour d'elle, ne
comprenant pas ce qu'il se passe. Je désactive
mon pouvoir d'invisibilité, et dès qu'elle m'aperçoit
elle semble soulagée.

- Megan ! se réjouit-elle.

- Pas si fort. Je vais te sortir d'ici, on va sauver les
autres, et on partira loin d'ici. On va devoir être
invisibles et ne pas faire de bruit. Il ne faudra pas
parler car ces personnes sont dangereuses et
nous veulent du mal, je chuchote.

- Oui je te suis, me répond-elle.

Je la détache en vitesse. Je me rends compte à quel point je tremble, je stresse et je m'épuise. Je m'y prends à plusieurs reprises avant de réussir à détacher entièrement Lana. Elle se lève. Je lis la frayeur dans son regard. Je dois la rassurer, elle doit sortir d'ici en toute tranquillité.

- Tout va bien se passer, je lui assure.

Ma sœur hoche la tête. Je me concentre pour nous rendre toutes deux invisibles. J'ai conscience des risques, après cela je serai épuisée, je serai inconsciente pendant plusieurs jours.

Je prends la main de ma petite sœur pour la guider et la rassurer. Bien qu'elle soit invisible je la vois. Dès que nous sortirons nous devrons courir car les gardes réagiront vite.

- Prête ? je demande.

Lana hoche la tête. Nous nous dirigeons vers la porte et l'entrouvrons. Je commence alors à courir en traînant Lana. Je fais attention à ne pas courir trop vite afin qu'elle puisse me suivre sans être traînée de force. Dehors l'alarme sonne toujours, mais moins forte.

Je prends un couloir au hasard et nous disparaissons au moment où les gardes tirent en tous sens en espérant nous atteindre. Lorsque nous sommes suffisamment loin je ralentis et me tourne vers Lana. Elle me fixe avec ses grands yeux bleu vif et ses longs cheveux blonds et lisses se balancent de droite à gauche.

Tout va bien, je pense.

Je te fais confiance, me répond Lana.

Maintenant nous marchons presque. C'est alors que l'alarme change, plus forte. Je reconnais l'intensité de la même alarme que l'autre fois, au lycée. Je comprends alors quand Lana se tord de douleur par terre en se couvrant les oreilles des deux mains.

- Lana ! je m'écrie.

- Pars sans moi ! me répond-elle d'une voix faible.

- Hors de question ! j'insiste.

Je ne sais pas quoi faire. Je ne peux pas la laisser là.

- Ne te concentre pas sur l'alarme, concentre-toi sur ma voix, dis-je.

Ma sœur hoche la tête.

- Monte sur mon dos. On va trouver le Sujet Numéro Trois, j'ajoute.

Lana a du mal à bouger, mais je parviens à la hisser sur mon dos. Je continue de trottiner avec difficultés. Lana me ralentit, j'ai mal au dos. J'essaie d'ignorer la douleur. Après tout ça nous partirons dans un autre continent, tout sera fini.

Heureusement ça ne dure pas une éternité. Nous arrivons à une nouvelle intersection de couloirs avec cette fameuse porte : Sujet Numéro 3. Des gardes sont postés devant, comme je m'y attendais.

Attends moi là, et ne fais pas de bruit. Je vais te maintenir invisible, je pense.

D'accord, me répond la voix lointaine et faible de Lana.

Je la dépose sur le sol. Elle s'adosse contre le mur blanc du couloir, immobile, le visage empli de douleur. Je ne vais pas abandonner ma sœur. Je vais la sortir de là, ainsi que tous les adolescents. C'est mon unique but. Je n'ai que ça en tête.

Je ne perds pas de temps et ne réfléchis pas vraiment. Je me précipite vers la porte du Sujet

Numéro Trois. Il devient difficile de maintenir Lana car elle est trop loin, mais je m'y force.

J'ai la tête qui tourne. J'ouvre la porte en grand, créant la confusion parmi les gardes. Le Sujet Trois est bien Tyler. Il est conscient et tourne brusquement la tête vers la porte que je viens d'ouvrir.

Je me précipite vers lui, toujours invisible. Je le détache puis le rend invisible au moment où un garde s'apprête à nous tirer dessus. Tyler roule sur le côté pour s'aplatir par terre. Je m'aplatis face contre terre afin d'esquiver la balle.

Ensuite je rampe sur le sol pour sortir de la pièce. Les cagoules noires mitraillent la salle mais ne parviennent pas à m'atteindre. Je ne sais pas si Tyler va bien car il est derrière moi.

Les gardes se rendent compte alors qu'ils n'ont plus de balle. Je profite de ce moment de confusion pour me relever et courir dehors pour rejoindre ma sœur. J'entends les pas de Tyler derrière moi, tout va bien.

Je m'y prends brutalement pour hisser ma sœur sur mon dos. Nous n'avons pas le temps. Je cours le plus vite possible malgré mon épuisement et ma vision qui se brouille légèrement. J'entends les gardes nous courser. Cette fois nous n'avons pas le choix.

Je lance un regard furtif vers Tyler qui comprend. Nous nous arrêtons brutalement, et j'attrape le bras de Tyler. Alors un champ de force puissant émane de lui. J'entends les gardes s'écrouler tous à terre.

Aussi l'alarme s'éteint. Le champ de force a détruit les haut-parleurs. Lana se laisse glisser de mon dos et nous repartons en trottinant tous les trois.

- Tout le monde va bien ? je demande en haletant.

- Oui ça va, me répond Tyler.

Nous prenons un virage à gauche et stoppons net. Cette fois ce n'est pas une intersection de couloirs, c'est juste un grand couloir avec une cinquantaine de portes, et beaucoup trop de gardes.

Je ne vois aucune solution, je n'ai plus d'énergie pour refaire un champ de force puissant. Je regarde Tyler d'un air paniqué. Il me rend mon regard. Super. Je suis à bout de souffle. Des tâches noires dansent devant mes yeux.

Je suis à deux doigts de m'écrouler par terre et de m'évanouir, et donc de nous mettre tous à découvert. Tandis que je réfléchis bêtement, je sens un liquide à mes pieds, montant petit à petit jusqu'aux genoux. Je baisse les yeux et vois de l'eau.

Tyler cherche lui aussi une solution et improvise. Le problème est que d'ici à ce que les gardes soient morts noyés, soit je serai évanouie donc je ne saurais pas ce qu'il se passera, soit nous serons tous morts noyés aussi.

Tyler remarque mon épuisement.

- Je m'en occupe, m'assure-t-il.

Je lui fais confiance et hoche la tête. L'incompréhension se marque sur les visages des gardes lorsque l'eau monte encore et encore. Mes yeux commencent à se fermer seuls et je lutte contre la fatigue. À force je n'y arrive plus et entends des cris avant de sombrer dans l'inconscience.

***

J'avais 10 ans. C'était peu après que Clara ne soit plus mon amie. Je me sentais vide, déprimée. Un désespoir sans fin. Je me haïssais. Je n'étais qu'un monstre. J'avais tué ma cousine, mes amis, des personnes qui ne m'avaient rien fait de mal.

J'étais assise en boule sur mon lit, appuyée contre mon mur blanc. J'habitais en appartement, au dixième étage. L'endroit était très luxueux et lumineux, magnifique. Ce jour là il pleuvait. Le ciel était gris et l'orage grondait.

Je pleurais à chaudes larmes. J'en avais marre de ma vie, de mon pouvoir, de tout. Je voulais être normale, comme tout le monde, avoir des amis, être heureuse. Mais ça n'arrivera jamais. J'avais fermé la porte de ma chambre à clé.

Je faisais toujours comme si tout allait bien avec ma famille, mais au fond j'étais plus que triste. Je fixais le ciel par ma fenêtre. Un éclair zébra le ciel. Quelques secondes après le tonnerre éclata. Une idée germa dans mon esprit. Sans doute la pire idée.

Chapitre 19

Et si je n'étais plus de ce monde ? Tous vivraient en paix. Je ne tuerais plus personne. Tous seraient en sécurité. Même mes parents ne pouvaient rien y faire. Même s'ils étaient intervenus, quelqu'un serait mort.

C'était tout ce dont j'étais capable. Tuer les autres. Ce qui faisait de moi un monstre. Il devait y avoir au moins 30 mètres de hauteur depuis ma fenêtre. Voir 50 mètres, je ne sais pas trop.

L'idée de sauter pour me laisser m'écraser sur le sol me fit encore plus pleurer. Je me décidai. Je me dirigeai vers ma fenêtre et l'ouvris. Je me pris un courant d'air frais dans la tête.

Je réfléchis encore à ce que j'allais faire. Qui serait triste, à part mes parents et ma petite sœur ? Personne. J'avais toujours été seule. Je serai toujours seule.

Je m'assis sur le rebord de la fenêtre. On toqua alors à la porte de ma chambre.

- Megan ? Tu fais quoi ? me demanda la voix de ma petite sœur.

Je n'arrivai pas à sauter. Pas alors que ma sœur se trouvait juste derrière cette porte. J'essuyai mes larmes. Je retournai dans ma chambre en refermant la fenêtre puis ouvris la porte à ma sœur. Elle entra. Elle était si petite, âgée de 5 ans seulement.

Je lui souris.

- Je ne fais rien de particulier, lui mentis-je.

- Tu veux bien venir jouer avec moi ? Je m'ennuie, me répondit-elle.

- Oui, bien sûr, dis-je.

Elle hocha la tête avec un large sourire.

- Je vais chercher mes jouets, me dit-elle avant de sortir de ma chambre.

Je ne pouvais pas faire ça à ma petite sœur. Elle n'avait que 5 ans. Il fallait que je me batte et que je reste prudente, c'est tout. Désormais je me fixais un objectif. Je ne devais pas abandonner ma sœur.

***

J'avais 14 ans. Même si j'avais décidé de ne pas mettre fin à mes jours j'étais toujours aussi mal. Ma vie au collège n'était pas facile. Le collège était un endroit cauchemardesque où tout le monde était dans une case : les populaires, les intellos, les chelous,…

Ce n'était pas juste, mais c'était comme ça depuis longtemps. Certains avaient besoin de se sentir supérieurs. Et puis il y avait beaucoup de problèmes, tout le monde cherchait souvent des embrouilles. Le pire dans tout ça, c'était les adultes qui n'intervenaient pas.

Je me demandais s'ils étaient aveugles. Ils affichaient toujours leurs affiches dans le collège pour dire : « Non au harcèlement ».

Ce n'était pas ce qui empêcherait le harcèlement scolaire d'exister. Il y avait aussi toujours tout le monde qui critiquait. Toujours à juger les autres, se plaindre de notre voisin, de sa classe, des personnes trop intelligentes pour nous.

Et les élèves qui ne respectaient rien. Ils arrivaient toujours en retard volontairement, mais, quel était l'intérêt ? Enfin pour résumer, je détestais le collège.

Tout le monde connaissait mon pouvoir, encore une fois, ça n'empêchait pas un groupe de filles de ma classe de me harceler. Et je n'avais rien dit à personne. Ça servait à rien, si ce n'était que pour afficher des affiches, me dire de les ignorer, ou je ne sais trop quoi d'autre.

Ces filles, je ne leur avais rien fait de mal. C'était juste parce qu'elles étaient des populaires, et moi, la « chelou » du collège. Pourtant depuis le temps j'étais plus prudente et j'évitais les accidents.

Ce jour-là elles avaient abusé. Je marchais dans la cour, me dirigeant vers un banc libre pour manger un goûter que j'avais pris ce matin au cas où. J'avais faim.

J'avais pris une crêpe au chocolat et un jus d'orange en brique. Une main se posa sur mon épaule, ce qui me fit sursauter. Nous étions en hiver, il neigeait. Je me retournai pour faire face à Pauline, la pire fille du groupe.

Déjà, elle était plus petite que moi en taille. Le problème était que si j'osais même lui faire du mal je me faisais frapper. Donc ce n'était pas une solution envisageable.

En plus, c'était une fille très appréciée ici. Je ne sais pas comment car c'était une vrai peste.

- Tiens ! Miss Chelou ! me dit-elle.

Guère surprise je la fixai d'un regard mauvais. Je ne répondis rien. Je voulais partir mais elle gardait sa main fixée sur mon épaule et m'empêchait de m'en aller.

- Qu'est-ce que t'as à me fixer comme ça ? Hier on a eu un accord tu te souviens pas ? Sauf si tu *préfères qu'Élisa te défonce encore, insiste Pauline.*

À ce moment j'avais plutôt envie de lui envoyer mon poing dans la figure mais je m'en abstins.

- Mon devoir de maths, du coup, précisa-t-elle.

- Tu veux pas le faire toi ? Parce que je crois pas être une distributrice de devoirs de maths, mais vu que j'avais oublié que tu n'es pas capable de faire tes devoirs...ah je t'ai pas dit aussi, j'ai rien fait, me défendis-je.

J'allais avoir de gros problèmes. C'était comme si je voyais déjà mon avenir, par terre dans la neige à me faire tabasser. Une idée très intéressante et originale surtout dans ce collège. Élisa fit son apparition.

Elle faisait au moins une tête de plus que moi. Ça, c'était moins drôle. En un coup de poing et vous étiez par terre en train d'agoniser. Au sens propre du terme.

Élisa, elle avait aucun humour. Elle riait jamais. En fait, tout le monde la craignait. Il fallait mieux ne pas chercher de problèmes avec elle.

- Fais toi plaisir Élisa, dit Pauline avec un sourire moqueur.

Je grimaçai. Bon, je ne pouvais pas espérer mieux. Je l'avais un peu cherchée aussi. Je m'habituais aussi. Je me pris un violent coup de pied dans le tibia.

Le pire devait être les surveillants qui nous voyaient mais ne disaient rien. Ah, aussi Pauline était la fille de la principale du collège. On ne pouvait rien lui reprocher. J'aurais pu utiliser mon pouvoir mais je ne le faisais pas. Après ce coup de pied dans le tibia je tombai à genoux.

Tous circulaient autour de nous comme si tout allait bien.

- Donne-moi mon devoir de maths ! me cria Pauline.

Elle n'avait toujours pas compris que je ne l'avais pas fait ? Ou elle avait peut-être crû que je mentais ? Je me pris un coup de pied en plein ventre, et je ne pus m'empêcher de vomir mon petit-déjeuner aux pieds de Pauline en m'écroulant à plat ventre. J'avais la tête dans mon vomi. Oui, c'était dégueulasse, ou à proprement parler très répugnant.

- Beurk ! confirma Pauline, viens Élisa, on part. Et oublie pas Megan. Si tu le dis à tes parents t'es morte, on te vire du collège et tu finiras en justice.

Elles repartirent. Au moins je n'avais pas eu affaire à toute la bande. La sonnerie avait déjà retenti. Je me précipitai aux toilettes pour me débarbouiller, en pleurant.

Je ne voulais pas retourner en cours. Je n'avais pas le choix, de toute manière. Le sac sur les épaules j'allai à mon cours de maths. Si je détestais les maths, c'était à cause de ma professeur de maths, Madame Nasy.

J'entrai dans la salle en me préparant à cette grande épreuve.

- Megan Stones ! cria la professeur.

Je levai les yeux vers elle. Elle avait l'air...et bien, folle de rage. Elle me lançait un regard noir.

- Deux heures de colle pour un retard de deux minutes et quarante quatre secondes ! aboya-t-elle.

J'avais oublié de préciser qu'elle était toujours extrêmement précise. Chaque seconde comptait, chaque nombre après la virgule. J'allais avoir deux heures de colle, et pire encore, deux heures d'édition spéciale avec Madame Nasy, la seule à faire des heures de colle spéciales avec elle. J'en étais presque honorée.

- Va à ta place au lieu de rester plantée là ! Ne retarde pas plus le cours ! me cria-t-elle.

Toujours dans la délicatesse et la gentillesse, cette prof. Je ne me le fis pas dire deux fois et allai à ma « place », c'est-à-dire le pire bureau du collège tout au fond de la salle qui était presque collé au mur du fond.

Au moins si vous vouliez vous amincir vous étiez servis. En plus c'était un bureau en bois avec des tonnes d'échardes. Je me demande si ce n'était pas un bureau spécialement dédié pour moi. Il me ressemblait bien. Je m'assis sur ma chaise et sortis mes affaires.

- Bien, maintenant que Megan nous a retardés, nous allons commencer le cours pendant qu'elle recopiera cinq cents lignes pour être arrivée en retard. Compris Megan ? dit-elle en insistant sur chaque mot qui me désignait.

Je sortis calmement une feuille à carreaux et copiai mes cinq cents lignes. Après le « cours » pendant lequel j'avais passé mon temps à copier : « Je ne dois pas arriver en retard », j'avais permanence. Permanence, ça voulait dire Pauline sur le chemin.

Elle m'attrapa par le bras lorsque je marchais dans les couloirs pour m'emmener dans un coin.

- T'as crû tu pouvais m'avoir si facilement ?! me cria-t-elle.

Je ne comprenais pas, comme les trois quarts du temps.

- Élise, viens, dit-elle.

Pauline me relâcha et son amie s'avança vers moi.

- Tu vas payer pour tous les morts que tu as fait, me dit Pauline avec un regard assassin.

Chapitre 20

Comment Pauline savait-elle pour toutes les personnes que j'avais tuées ? J'ignorais presque Élise qui me frappait. Je voyais encore le visage de Pauline me fixer. Ma tête me tournait. Je perdis connaissance.

***

J'ouvre les yeux et me redresse en sursaut. Je suis dans une voiture, à l'arrière. Il n'y a personne d'autre. Je regarde par la fenêtre de gauche. Je suis sur une aire d'autoroute. Je ne sais pas combien de temps je suis restée inconsciente, mais sûrement plusieurs jours.

Malgré ma longue sieste je suis épuisée et ma tête me tourne. Pendant quelques minutes je reste là à attendre l'arrivée de quelqu'un, je ne sais pas trop qui au juste.

Est-ce qu'on a réussi ? Je vois alors Tyler et Lana arriver vers la voiture. Je suis soulagée, on a donc réussi. Ma petite sœur m'aperçoit et commence à courir jusqu'à la voiture. Elle ouvre la portière arrière droite.

- Megan ! se réjouit-elle.

Elle se jette dans mes bras et je ne peux que la serrer contre moi. Tyler nous rejoint.

- Tu es réveillée, constate-t-il.

Il n'a pas l'air très heureux, surtout épuisé. Ses yeux sont cernés.

- On a réussi, dis-je.

- Pas exactement, non, me répond Tyler en secouant la tête.

Mon sourire s'efface. Lana se dégage doucement de mon emprise.

- Comment ça ? je demande.

- Je suis désolé, ils sont tous encore là-bas. Je n'ai pas pu les sauver. On a réussi à s'échapper de justesse, et ça fait bien trois jours que tu es inconsciente et que nous allons à l'aéroport pour quitter le continent, explique Tyler.

- Quoi ?! Et mes parents ? Les adolescents du refuge ?

- Ils y sont tous...on est toujours poursuivis de près, me répond Lana.

Tyler regarde furtivement derrière lui.

- On doit partir, on en parlera dans la voiture, dit-il.

Lana ne me laisse pas le temps d'ajouter autre chose qu'elle claque la portière de la voiture pour monter à l'avant, côté passager. Tyler va côté conducteur et démarre la voiture.

- Bon vous allez m'expliquer comment on sauvera les autres maintenant ? je demande.

- On trouvera une solution, on y arrivera !
T'inquiète pas Megan, me répond Lana.

Je repère derrière nous les 4*4 noirs. Toujours eux.

- J'ai fait des passeports. Pendant ces trois jours on a réussi à tout organiser. On va s'en sortir, et on pourra sauver tes parents une fois dans un autre continent, explique Tyler.

- Je te fais confiance, je lui réponds.

- On en a pour combien de temps encore ?
demande ma sœur.

- Deux heures. On devra s'arrêter sur une autre
aire d'autoroute pour manger. D'abord il faudrait se
débarrasser d'eux, répond Tyler.

Je réfléchis. Comment on pourrait se débarrasser
de ce 4*4 ? Je pourrais essayer de les tuer mais
ce serait risqué maintenant que nous sommes sur
l'autoroute. Nous mettrions les autres en danger.
Si nous ne voulons pas mettre les autres
conducteurs en danger nous devrions nous arrêter,
mais ce serait mettre nos vies en danger vu que
les cagoules noires sont armés.

Ne trouvant aucune solution j'abandonne. Le
silence me perturbe. Je cherche un sujet de
discussion.

- On peut mettre de la musique ? demande alors
Lana.

- Si tu veux, lui répond Tyler.

Lana ouvre le tiroir devant elle et farfouille parmi des clés USB. Elle en prend une au hasard et la branche sur la radio. Je reconnais une musique connue du vingt et unième siècle. Lana commence à chanter. Je me contente de regarder le paysage défiler par la fenêtre.

Tyler ne dit rien, concentré sur la route. Au bout d'un moment Lana s'arrête de chanter et s'endort sur son siège. Tyler baisse le son de la musique pour en faire une musique de fond.

- On s'arrête d'ici trente minutes, me dit Tyler.

- D'accord, je réponds.

- C'était bien de dormir trois jours ? me demande-t-il.

Je grimace.

- Pas vraiment. J'ai revu des souvenirs et ça ne m'a pas reposée.

- Quel genre de souvenir ?

- Le collège. C'était horrible.

- Tu m'étonnes. La pire période pour tout le monde je crois. C'est à cette période que mon frère est mort. Mes parents me parlaient presque plus, et au collège j'étais toujours seul, tout le monde avait peur de moi.

- Je comprends. J'étais aussi seule, mais je me faisais harceler.

- Ça c'est beaucoup moins cool. J'arrive pas à croire que ça puisse toujours exister ici.

Je soupire.

- C'est compliqué, je lâche.

- Mon frère était atteint d'une maladie grave. Il ne lui restait que quelques années à vivre. Il avait un an de moins que moi, nous restions ensemble au collège, au début. Et ensuite, il s'est fait d'autres amis. Il m'a laissé tomber. Une fois alors je rentrais chez moi, et je l'ai vu avec ses amis en train de frapper des enfants de cinq ou six ans. Je lui ai dit d'arrêter mais ses amis ont commencé à me frapper aussi. J'étais furieux et j'ai déclenché un champ de force. Depuis je regrette. Les enfants en sont morts aussi. Je l'ai jamais raconté à personne, mes parents savent juste que j'ai tué mon frère.

J'en reste sans mot.

- Enfin pour toi aussi, c'est compliqué, dit simplement Tyler.

- Oui…

- Je suppose avoir cassé l'ambiance, rigole Tyler.

- J'en suis sans voix, je sais pas quoi te dire.

- Et y'a pas de problème à ça. On va s'arrêter là.

Il prend la sortie, puis se gare sur l'aire d'autoroute. J'entends ma sœur bailler. Elle vient de se réveiller. Je vois le 4*4 des cagoules noires se garer à deux places de là.

- Faut se débarrasser d'eux maintenant, je fais remarquer.

- Tu n'as pas tort, me répond Tyler.

Nous sortons de la voiture.

- Tu as un plan ? me demande Tyler.

- On improvise, je réponds.

Nous nous dirigeons vers le 4*4. Les cagoules noires sortent de leur voiture. Alors comme prévu, j'improvise.

Chapitre 21

Je projette mon pouvoir vers mes ennemis qui s'effondrent par terre.

- C'était facile, je constate.

Je m'éloigne comme si de rien était. Lana et Tyler m'imitent. Bientôt une foule se rassemble autour des cagoules noires. Lana, Tyler et moi allons au fast-food de l'aire.

- Mes parents ont un compte en banque avec vingt-deux millions de futurinas, ils ont gagné au loto il y a plusieurs années, alors il se peut que je leur ai emprunté un peu d'argent, m'explique Tyler.

- Ah oui on a pas tous les mêmes moyens, je plaisante, ce qui fait sourire Tyler.

Nous prenons notre commande à une borne puis allons nous asseoir à table.

- Je suis fatiguée ! Il reste combien de temps avant qu'on arrive à l'aéroport ? demande Lana.

- Il doit rester trente minutes à une heure au plus, répond Tyler.

Notre commande arrive par une sorte de tapis roulant toboggan, une invention déjà existante du vingt et unième siècle mais plus développée de nos jours, et plus pratique.

Nous prenons chacun notre menu puis mangeons en silence. Ensuite nous débarrassons notre repas en reposant les déchets sur un deuxième tapis roulant conduisant à une poubelle.

Nous nous levons de table pour retourner à la voiture. Il y a toujours les personnes rassemblées autour des cagoules noires, nous laissant indifférents. Nous montons en voiture et cette fois je monte à l'avant, côté passager. Ma sœur se rendort presque immédiatement après que la voiture ait démarré.

- On part dans quel continent ? je demande.

- Continent E, me répond Tyler.

Le continent E est à l'est du continent C. C'était équivalent à la France, l'Espagne, l'Italie, le Royaume-Uni, et cetera. Je pense que c'est le continent le plus calme, et qui a trouvé un meilleur équilibre. Enfin je n'en suis pas sûre car en histoire géographie nous étudions que peu l'histoire des autres continents, à moins de prendre une spécialité étude des continents qui détaille l'histoire de chaque continent.

- On va aller à Paris, l'ancienne capitale de la France. Il y avait eu une guerre là-bas, la troisième guerre mondiale en deux-mille-trois-cent-quarante-six. Aussi il n'y a plus aucune capitale, le continent s'est réduit, il n'y a plus qu'un seul territoire, comme ici. Et leur langue est l'anglais moderne, maintenant. Il n'y a plus de français, d'espagnol, d'italien ou autre chose, explique Tyler.

- Tu me fais tout un cours sur le continent E ! Comment tu sais tout ça ? Tu as pris une spécialité étude des continents ? je demande.

- Mon père vient de là-bas. Il m'a tout appris quand j'étais petit.

- D'accord !

- C'est un continent calme. Peut-être le seul qui ait trouvé la paix. Il n'y a plus de meurtrier, aucun dirigeant, il y a rarement des problèmes. Tous sont égaux.

- Comment ça se fait alors que le monde n'afflue pas là-bas ?

- Beaucoup de personnes sont refusées d'entrée. Les personnes pouvant déstabiliser le continent.

- Donc tu veux dire qu'en allant là-bas on pourrait se faire virer du continent ?

- Ne t'en fais pas, on passera sans problème. Dis comme ça c'est flippant mais en vrai peu sont refusés.

Même si Tyler me rassure je ne suis pas vraiment sereine. Je n'ajoute rien. Je décide de dormir un peu avant l'arrivée à l'aéroport. À peine je ferme les yeux que je m'endors.

***

Tyler me réveille lorsque nous sommes arrivés. Nous descendons de voiture. Tyler récupère un sac dans le coffre de la voiture puis nous nous dirigeons vers l'aéroport. Arrivés à l'intérieur Lana et moi suivons Tyler vers une caisse, la numéro cinq.

L'aéroport est presque vide. L'avantage des aéroports actuels, c'est qu'il n'y a qu'un passage, juste à aller à une caisse où on fait tous les contrôles de sécurité. Et les contrôles sont faits par des machines intelligentes.

Tyler pose trois passeports ouverts sur la table. La machine scanne les passeports avec une sorte de lumière verte, puis émet un signal sonore, ce qui veut dire que nous passons à l'étape suivante.

Tyler sort trois billets d'avion et range les passeports. Il pose les billets à l'endroit où les passeports se trouvaient plus tôt. La machine refait la même chose. Ensuite Tyler pose le sac dans un panier, qui passe dans une autre machine afin d'analyser le contenu du sac.

Nous passons ensuite dans la machine qui vérifie les objets métalliques. Nous passons chaque contrôle sans soucis. Ensuite nous suivons Tyler à la porte conduisant à notre vol.

Arrivés devant, une machine scanne le code barre de nos billets et la porte s'ouvre automatiquement. Ensuite nous montons des escaliers couverts par un tunnel transparent – en cas de pluie – afin d'aller jusqu'à l'avion et de monter à l'intérieur.

Nous sommes accueillis par une hôtesse de l'air qui nous salue poliment. Nous nous installons à nos places et Tyler range le sac à dos dans un casier au-dessus de nous. Contrairement à l'aéroport l'avion est presque plein.

- On a combien d'heures de vol ? je demande à Tyler.

- Cinq ou six, me répond-il.

Je hoche distraitement la tête et me laisse m'assoupir. Je m'endors rapidement, épuisée.

***

Tyler me secoue doucement le bras, me réveillant.

- On arrive bientôt, me dit-il.

Je me redresse.

- Super, tu as dormi un peu ? je réponds.

- Oui mais pas beaucoup, me répond-il.

Il a l'air toujours aussi épuisé. À ma droite, ma sœur dort toujours. Je la réveille en la secouant par le bras.

- On arrive bientôt, je répète à Lana.

- Cool, baille Lana.

L'avion atterrit quelques minutes après. Nous descendons puis sortons de l'aéroport. Nous suivons Tyler jusqu'à une voiture grise garée en créneau. Il brandit des clés de voiture et appuie sur un bouton. On entend un déclic, puis nous montons tous à l'intérieur, Tyler conduisant toujours et moi côté passager.

Le trajet n'est pas très long, et nous laissons juste une musique d'ambiance sans parler. Ensuite Tyler gare la voiture sur un parking face à un immeuble.

Quelques minutes après nous arrivons dans un grand appartement meublé, notre nouveau logement.

Chapitre 22

Six mois plus tard…

Je prends le journal sur la table que Tyler m'a laissé. Je le déplie et le lis.

« ***Le virus a contaminé presque toute la population du continent C. Aucun autre continent n'est contaminé, les autres continents se posent des questions. Que devient le continent C ?***

D'après le gouvernement du continent C, ils détiennent de puissants pouvoirs de personnes volontaires. Cependant, cela ne permet pas la guérison du virus qui cause la destruction des villes et le chaos.

Avis de recherche au continent C

Megan Stones, aujourd'hui âgée de dix-huit ans, a disparu du continent C. Elle est recherchée par le gouvernement C, cependant chaque autre continent garantit la sécurité de tout nouvel habitant en son continent. Actuellement Megan Stones est une citoyenne du continent E, elle respecte les droits du continent et ne perturbe pas son mode de vie. Elle est aujourd'hui la personne avec le pouvoir le plus puissant au monde.

Réouverture du lycée de Futury du continent C

Suite à l'attentat en mars dernier, ce lycée avait fermé, et pour cette rentrée les étudiants sont accueillis et il n'y a plus aucun danger. Cependant les écoles fermeront prochainement au continent C à cause du virus.

Une centaine d'adolescents disparus dans le continent C

Certains adolescents faisant partie de l'expérience contre le virus se seraient échappés. D'autres sont toujours portés disparus, le gouvernement ne nous donne aucune information. Nous n'avons aucun nom pour l'instant.

Le continent C : La catastrophe. Le continent s'effondre.

Depuis maintenant six mois, le continent C est une vraie catastrophe. Le gouvernement ne réagit pas et semble laisser le virus se répandre. Le continent C cache quelque chose. Il n'y a plus personne dans les rues, depuis le bombardement de personnes portant des cagoules noires qui auraient tiré sur des individus atteints du virus il y a de là un mois. Les villes sont détruites, il n'y aura plus de continent C bientôt.

Les autres continents cherchent une solution afin de sauver certains citoyens non atteints du virus.

De bonnes nouvelles au continent A

La pollution du continent A a considérablement diminué depuis quelques siècles !
L'environnement est plus respirable et agréable, la pollution est minime, chacun fait un effort pour préserver notre planète.

Accès libre à la Lune d'ici 2402

Bientôt, vous pourrez voyager jusqu'à la Lune rapidement et vivre quelques jours là-bas ! C'est une innovation mise en place depuis de nombreuses années, cependant l'accès reste limité car nous voulons préserver cette planète. »

Je replie le journal et le jette sur la table. Nous avons préparé pendant ces six mois le sauvetage des adolescents du refuge. Nous avons le soutien des représentants du continent E. Cette mission est peut-être plus difficile que ce que je pensais, surtout au vu de l'état du continent C.

- Alors, que dit le journal ? me demande Tyler en posant le livre qu'il lisait plus tôt.

- C'est compliqué. Certains se sont échappés, et ils ont pris le pouvoir d'autres. Le continent vrille complètement avec ce virus, et le gouvernement fait rien à part bombarder les malades, je réponds.

- Ouais, ça a l'air génial la vie là-bas, commente Tyler.

Tyler se lève et prend le sac noir. Cette fois on improvisera pas.

- Lana tu te fais ce que tu veux à manger, on rentrera demain, comme prévu, dis-je à ma sœur.

Elle hoche distraitement la tête, concentrée sur la télévision.

- Allons-y, me dit Tyler.

J'ouvre la porte d'entrée de l'appartement. Tyler et moi sortons dans le couloir, et je ferme la porte derrière nous. Nous dévalons l'escalier. Nous croisons notre voisin, monsieur Couspolata, à l'étage juste en dessous.

- Bonjour Megan et Tyler, nous salue-t-il poliment.

- Bonjour, répond Tyler.

Je m'arrête net. Je me rappelle où avoir entendu cette voix. C'est le directeur du pensionnat. Pourquoi je n'y avais pas pensé plus tôt ? Et j'avais encore entendu cette voix, c'était le professeur de maths du lycée de Futury. Le problème est qu'il a changé d'apparence.

- Qu'est-ce qu'il y a ? me demande Tyler.

Je me tourne brusquement vers notre voisin et le fusille du regard.

- Vous, je lâche.

- J'ai bien crû que tu ne me reconnaîtrais jamais, me répond-il.

Il change d'apparence pour redevenir le directeur du pensionnat. C'est un métamorphe, il peut donc changer d'apparence comme bon lui semble.

- Pourquoi vous nous suivez ? je demande.

- Je pense que tu sais déjà la réponse, me répond-il avec un large sourire.

- Non mais vous êtes malade ! je m'écrie.

Il se met alors à courir jusqu'à la baie vitrée ouverte de l'escalier. Je comprends si vite, mais reste sans voix. Alors il saute dans le vide. Je reste sous le choc. Donc, cet homme m'espionne depuis ma naissance, c'est un envoyé du gouvernement dans le C, un espion.

Il fait ensuite son rapport au gouvernement et c'est ainsi qu'ils savent tout sur moi.

- Allons-y, je marmonne à Tyler, encore secouée.

Nous finissons de dévaler les escaliers puis sortons de l'immeuble. J'appelle tout de même les services d'urgence pour signaler le suicide de notre voisin. Je n'ose pas regarder son cadavre, du moins ce qu'il en reste. Nous nous précipitons jusqu'à la voiture et montons dedans, direction l'aéroport.

Cette fois nous avons réservé un vol rapide, car celui de la dernière fois était un de dernière minute, donc il était plus lent et plus ancien, et surtout c'en était un du continent C, qui a des avions moins développés.

Celui-ci nous permet d'arriver au continent C en à peine une heure, grâce à un moteur plus puissant qui fait qu'on va plus vite mais aussi un système de téléportation sur courte distance, et une accélération sans faille.

Les routes du continent E sont aussi plus rapides, à vrai dire le continent C avait gardé de plus anciennes méthodes alors qu'ici nous avions une innovation sur les voitures, qui permet d'aller sur des routes dans le ciel. Ces routes sont équipées d'un système intelligent électromagnétique qui en quelque sorte guide la voiture sur un certain parcours selon la destination. On les utilise seulement pour de longs trajets d'au moins trente minutes sur une route au sol.

On va beaucoup plus vite, grâce à un nouveau métal très résistant et efficace. Enfin bref, Tyler et moi décidons d'utiliser ces routes. Les accès sont un peu partout, il y en a un pas loin d'ici, ce sont des sortes d'ascenseurs pour voitures. Tyler vient d'arrêter la voiture dans l'ascenseur le plus proche.

- Je regrette à aucun moment d'être venu ici. C'est un continent génial, remarque Tyler.

- Si seulement c'était partout pareil...je réponds.

Nous venons d'arriver sur la route de l'air, ainsi est son nom. La porte de l'ascenseur s'ouvre, et la voiture s'avance sur la route. Nous avons une vue sur toute la ville, les immeubles magnifiques, les différents quartiers, les parcs,…

On en a pour seulement quinze minutes de trajet, sur cette route. Je ne trouve rien à dire à Tyler, alors nous restons silencieux. Je me contente de fixer le paysage défiler sous mes yeux.

Une fois les quinze minutes passées Tyler ralentit la voiture pour s'introduire dans l'ascenseur menant directement au parking de l'aéroport. Il gare la voiture sur la parking et nous en descendons.

Comme il y a six mois de là nous entrons à l'aéroport et passons les contrôles de sécurité puis montons dans l'avion. Inutile de préciser à nouveau chaque étape pour parvenir à l'avion. Maintenant installés dans l'avion nous attendons patiemment son décollage.

- Après ça on pourra reprendre les études, enfin, soupire Tyler.

- Ouais, je réponds en souriant.

Je ne trouve là encore rien à ajouter. Pour une fois je n'ai pas envie de parler. Et ça ne semble pas déranger Tyler, au contraire. Je décide de me reposer un peu pour être en forme lors de notre attaque. Sans gêne je pose ma tête sur l'épaule de Tyler et m'endors.

***

Je me réveille au moment de l'atterrissage et me redresse.

- Bien dormi ? me demande Tyler.

- Oui, je suis en pleine forme, je réponds, déterminée.

L'avion vient d'atterrir. Nous nous levons et sortons de l'avion, puis de l'aéroport. Nous connaissons les risques en revenant au continent C. Déjà, nous pouvons attraper le virus. Ensuite, nous pouvons nous faire capturer par le gouvernement. Nous nous dirigeons maintenant vers le 4*4 noir que nous avions prévu. Nous montons et allons jusqu'à la base des cagoules noires, que nous avons réussi à localiser grâce au téléphone du refuge laissé là-bas, car ils avaient gardé nos effets personnels. La base est un grand bâtiment noir à la façade effrayante, où rodent tout autour des gardes armés, comme prévu.

Nous garons le 4*4 à la lisière de la forêt, et en sortons, moi en activant mon pouvoir d'invisibilité pour qu'on passe inaperçus. Tyler me regarde d'un air qui veut clairement dire : C'est parti.

Nous nous avançons jusqu'au point X, que nous avions placé à un endroit précis, sur le côté du bâtiment et suffisamment loin des gardes. J'ouvre le sac noir pour en sortir la petite bombe que je désamorce et lance sur le paquet de gardes.

Chapitre 23

Nous partons en courant vers la forêt. Alors la bombe explose au moment où je me retourne et du sang me gicle dessus. Aussi je me retrouve projetée en avant. Malgré les acouphènes qui commencent à me désorienter, je me précipite dans la fumée. Je cherche parmi ce qui reste des gardes une carte qui nous permettrait d'accéder au bâtiment.

J'entends Tyler fouiller à côté de moi. Je trouve alors une carte et la brandis. Je tapote le bras de Tyler et lui montre la carte. Nous nous redressons puis allons jusqu'à la porte d'entrée au bâtiment. Je passe la carte dans le détecteur et la porte s'ouvre. Elle se referme automatiquement derrière nous. Une alarme retentit dans tout le bâtiment. Des gardes courent en tous sens.

Toujours invisibles, Tyler et moi nous faufilons à travers les gardes. L'endroit n'a pas changé. Toujours ces couloirs blancs, comme un labyrinthe. Tyler et moi avons appris les plans du bâtiment par cœur, nous savons où aller. Nous traversons encore quelques couloirs avant d'arriver aux escaliers que nous gravissons jusqu'au deuxième et dernier étage.

Une fois en haut nous traversons juste un couloir menant à la salle de commandes. Il n'y a personne, sans doute sont-ils tous partis dehors à la recherche de…et bien nous.

La salle est constituée de nombreux câbles reliés à toutes sortes de prises. Nous farfouillons parmi les fils et trouvons celui que nous cherchions. Je sors du sac une petite paire de ciseaux et coupe le fil. L'électricité est coupée, et l'alarme aussi.

Nous nous retrouvons dans le noir complet. Je me concentre sur mon pouvoir. Lorsqu'on produit une source d'énergie suffisamment puissante, notre pouvoir dégage une aura lumineuse qui permet d'éclairer autour de soi. Avec mon pouvoir d'invisibilité la lumière sera perçue uniquement par Tyler et moi.

- Laisse, je vais le faire, m'interrompt Tyler.

Je hoche la tête dans le noir. Quelques instants après nous sommes éclairés par l'aura que dégage Tyler. Nous faisons demi-tour pour redescendre d'un étage, où se trouvent tous les otages. Nous traversons le dédale de couloirs pour arriver au couloir composé de beaucoup de portes, mais moins de gardes que la dernière fois. De plus ils ne voient pas. Tyler prend ma main, et je lui transmets mon pouvoir. Tous les gardes s'effondrent à terre, inconscients. Nous n'avons pas beaucoup de temps. Nous nous dirigeons vers chaque porte jusqu'à toutes les ouvrir.

Des adolescents du refuge sortent par chaque porte. Je redouble d'efforts pour que tous soient invisibles, et maintenant je dégage aussi une aura bleue. Je remarque l'absence de mes parents, ce qui déclenche une inquiétude en moi.

Tous les adolescents nous regardent.

- Je suis Megan Stones. Enfin vous me connaissez peut-être déjà. On va vous sortir de là, et nous allons partir dans le continent E, j'explique.

Personne ne semble contre. Je reconnais parmi la foule Harry, Amélia, Nelly et Wyler. Leur état à tous m'inquiète. Ils sont squelettiques, ils ont des bleus et semblent épuisés. Malgré mon inquiétude je m'en tiens au plan, et guide le groupe vers la sortie. Nous arrivons à passer inaperçus sans avoir à tuer d'autres gardes. Une fois dehors nous nous éloignons vers la forêt. Je m'arrête à la lisière pour ouvrir le sac et en sortir une dizaine de bombes.

Alors vous allez vous demander comment nous avons passé les contrôles de sécurité à l'aéroport, avec ces bombes. Et bien, il se peut que les représentants du continent E nous ont autorisés, donc nous avions un badge d'autorisation de transport d'armes.

Je désamorce chaque bombe et les lance sur le bâtiment. Nous courons tous dans la forêt, où des avions se posent pour tous nous embarquer, rasant les arbres. Je ne prends plus la peine d'utiliser mon pouvoir pour tous nous rendre invisibles. Les bombes explosent. Nous sommes suffisamment loin pour ne pas se retrouver projetés. Tyler court à côté de moi.

Nous arrivons aux avions. Il y en a trois. Nous divisons le groupe en trois, et montons tous dans les avions par des escaliers pliables. Une fois dans l'avion, je m'assois à côté de Tyler, à l'avant. L'avion décolle alors. Une fois que nous avons gagné en altitude je sens la fatigue me gagner.

Je m'inquiète pour mes parents que je n'ai pas vus. Tyler semble remarquer mon inquiétude.

- T'inquiète pas, on les retrouvera, m'assure-t-il.

Je hausse les épaules. Je ne veux pas débattre sur la question. J'ai les larmes aux yeux. Peut-être que mes parents sont morts. De plus, je suis épuisée. J'ai utilisé énormément mon pouvoir. Je me laisse pleurer.

- Mais pleure pas, me dit Tyler.

Il me prend dans ses bras et m'attire contre lui. J'enfouis ma tête dans son épaule. Je ne sais combien de temps nous restons ainsi mais je finis par m'endormir.

***

J'ouvre les yeux. Encore une fois ma tête repose sur l'épaule de Tyler. Je me redresse.

- Je sais pas comment tu fais pour dormir pendant chaque vol, et te réveiller pile au moment de l'atterrissage, remarque Tyler.

- Je sais pas non plus, je réponds avec un léger sourire.

Quelques instants après nous sortons tous de l'avion. Nous avons loué un grand bâtiment, une ancienne base militaire, afin d'y abriter tout le monde le temps qu'ils trouvent une nouvelle vie. Nous avons directement atterris à la base, qui se trouve pas loin de l'appartement de Tyler, Lana et moi.

Nous aidons les autres à s'y installer, faisons visiter puis distribuons des bouteilles d'eau et de la nourriture. Je prends un bout de pain et une bouteille d'eau puis m'installe avec Amélia, Harry, Nelly, Jessy et Wyler. Tyler nous rejoint également.

- Merci de nous avoir sauvés, me dit Nelly.

- C'est normal. Depuis six mois on a préparé tout ça, je réponds.

- Je pensais pas qu'un jour on arrive à quitter ce continent pourri, remarque Harry.

- Rien est impossible, lui répond Jessy.

Je me relève.

- Bon, on doit y aller. Lana nous attend, dis-je.

- A plus alors, me répond Harry.

Tyler se lève, et sans rien ajouter nous ressortons du bâtiment. Sur le parking de la base est garée une voiture et nous montons à l'intérieur. Nous irons chercher l'autre voiture plus tard. Tyler démarre la voiture et nous quittons la base.

- Tout s'est passé comme prévu, je fais remarquer.

- Il manque juste à retrouver des parents, me répond Tyler.

- On finira par les retrouver, je me rassure moi-même.

- Et donc tu t'es décidée si tu voulais faire astronome ou éditrice ? me demande-t-il.

- Je crois faire les deux, je réponds en souriant.

Oui, on peut faire jusqu'à deux métiers chacun à temps partiel. Ça n'empêche pas de faire des études spécialisées pour chaque métier, et il n'y a pas d'années d'études supplémentaires, ni d'heures en plus. Et encore, je m'en sors bien en cours, donc je ne risque aucun retard dans le programme.

Nous venons d'arriver à l'immeuble. Le cadavre de monsieur Couspolata a été enlevé. Tyler gare la voiture sur le parking et nous descendons de voiture. Nous entrons dans l'immeuble et prenons l'ascenseur jusqu'à l'appartement.

Je prends les clés de l'appartement laissées au fond du sac noir, et les insère dans la serrure. La porte s'ouvre. Lana, assise sur le canapé, lève les yeux vers nous. Elle lit le journal.

- Vous êtes là ! J'ai trouvé quelque chose sur papa et maman ! me dit-elle.

- Quoi donc ? je demande.

Elle me tend le journal.

*« **Des évadés du continent C, retenus par le gouvernement, retrouvés dans le continent E***

Ce matin, les parents de Megan Stones, étudiante de dix-huit ans, ont été retrouvés dans le continent E, vers la ville de Paris. Ils ont été emmenés en lieu sûr et gardé secret défense afin que le continent C ne les retrouve pas. Nous avons appris bien des choses sur nos voisins du continent C, qui est maintenant un continent mort. Le président du continent C a lui-même avoué la corruption du gouvernement C. »

Je saute presque de joie en lisant ça.

- On va les retrouver ! Tout est fini, maintenant, dis-je en prenant Lana dans mes bras.

Chapitre 24

(Chapitre final)

Deux mois plus tard…

J'entre dans la salle de classe, suivie de Tyler. Nous sommes les derniers, et il ne reste que deux places, opposées. C'est un des cours que nous avons en commun, philosophie. Avec Tyler nous nous regardons d'un air déçu. Je m'installe à une des places libres, à côté d'une fille. Après tout, peut-être aurais-je l'occasion de rencontrer d'autres personnes.

Ma voisine a de longs cheveux blonds et ondulés, et des yeux verts. Je remarque sa tension et son stress. Elle aurait sûrement préféré ne pas avoir de voisin de table…

Elle me regarde attentivement tandis que je m'installe et sors mes affaires sur la table. Le professeur n'est pas encore là. L'atmosphère avec ma voisine me met mal à l'aise. Je me demande si elle se décidera à parler ou non. Elle ne semble pas être très bavarde.

Je finis par me décider à lui adresser la parole. Après tout, je ne risque rien. Je me tourne vers elle avec un sourire amical, du moins j'essaie.

- Salut, je suis Megan Stones. Enfin tu connais peut-être déjà mon nom, dis-je.

Elle a l'air surprise que je lui adresse la parole. Elle ne répond pas tout de suite, me laissant penser qu'elle ne répondra jamais, et me laissera dans le vent. Au bout d'un moment, elle se décide à me répondre d'une petite voix.

- Moi c'est Apolline Dart.

Je hoche lentement la tête.

- Enchantée, alors, je lâche.

Apolline n'ajoute rien. Elle est étrange, et semble mal à l'aise, en tout cas elle n'arrive pas à le cacher. Elle remue souvent sur sa chaise et évite mon regard. Elle doit juste être timide. Le cours commence, et je prends des notes sur ce que dit le professeur.

Apolline ne me parle plus du cours. Dès que la sonnerie retentit, elle se précipite pour ranger ses affaires, elle jette presque son cahier dans son sac, puis elle détalle en courant à moitié. Je ne pensais pas l'effrayer à ce point. Qu'est-ce que j'ai fait de mal ?

Perplexe, je range lentement mes affaires et sors de la salle avec Tyler.

- Tu connais Apolline Dart ? je lui demande.

- Il me semble qu'elle est nouvelle ici. Elle parle à personne et reste tout le temps seule. Elle est assez bizarre. Pourquoi ? me répond-il.

- Elle est à côté de moi en philosophie, dis-je.

Tyler hausse les épaules.

- Tu as histoire géo, toi aussi ? je lui demande.

- Ouais, me répond-il.

Je hoche la tête en pensant à mes parents et Lana, qui vivent maintenant dans une maison, et ont recommencé une vie paisible. Tyler et moi vivons toujours en collocation dans l'appartement. Nous arrivons à la salle d'histoire géographie. Cette fois nous trouvons deux places côte à côte libres, et nous nous y installons.

Je remarque derrière nous Apolline du cours de philosophie. Elle est seule, tout au fond de la salle. Nos regards se croisent et elle détourne rapidement les yeux sur son bureau. Je me retourne pour fixer le tableau où le professeur explique son cours, mais je me perds dans mes pensées.

Je repense au continent C, maintenant désert, sans vie, tout bâtiment détruit, comme s'il y avait eu une guerre. Je pense aussi aux adolescents que j'ai sauvés. Presque tous ont pu quitter l'ancienne base militaire pour louer des appartements en collocation et recommencer une vie, mais pour d'autres c'est plus compliqué, loin de leurs parents, qui sont maintenant décédés.

Dans trois ans aussi, je passerai un master édition de livres pour commencer avec Tyler mais à temps partiel à éditer des livres. Aussi, nous avons comme projet de fonder une maison d'édition. En même temps, je devrais poursuivre mes études en astronomie, et ce pendant trois ans. De nos jours, les années d'études ont diminuées, ce qui ne nous empêche pas d'être aussi performants et compétents. Le professeur me sort de ma rêverie.

- Megan ? me demande-t-il.

Je constate que presque toute la classe me fixe. Je me sens gênée. Le professeur m'a posé une question, mais je ne l'ai pas écouté.

- Excusez-moi monsieur, je n'ai pas vraiment suivi ce que vous avez dit. Pouvez-vous répéter la question ? je tente.

Heureusement, le professeur est gentil. Il semble apprécier mon honnêteté et répète en résumé ce qu'il a dit, pour ensuite me reposer la question à laquelle je réponds sans difficulté. À la fin du cours, je range mes affaires mais sens que quelqu'un m'observe. Je me retourne et croise le regard d'Apolline, encore une fois.

Gênée, elle détourne le regard, range rapidement ses affaires et détalle encore de la salle à toute vitesse. Je la regarde s'éloigner, suspicieuse. Je me demande pourquoi est-ce qu'elle se comporte ainsi.

- Vive la pause déjeuner ! se réjouit Tyler à ma gauche.

Je lui souris. Nous prenons nos sacs et quittons la salle, direction cafétéria.

- Apolline Dart a l'air beaucoup de te préoccuper, me fait remarquer Tyler sur le chemin.

- Oui, j'essaie de comprendre. On pourrait essayer de manger avec elle, ce midi ? je réponds.

- On peut toujours essayer, mais il est probable qu'elle parte en courant. En même temps, c'est sûr qu'on est super flippants, ça se comprend. On tue tout le monde, dit Tyler avec une pointe d'humour.

Je secoue la tête l'air de dire : n'importe quoi !, même si ce n'est pas entièrement faux. Nous venons d'arriver à la cafétéria. Ayant faim, je prends un repas complet. Je repère Apolline déjà installée à une table de quatre, seule.

- Bon, essayons toujours, me dit Tyler lorsque je me dirige vers Apolline avec mon plateau.

Je pose mon plateau sur la table, face à Apolline. Elle sursaute.

- Désolée, je voulais pas te faire peur. On peut s'installer là ? je lui dis calmement.

Elle hoche la tête. Je m'assois sur la chaise face à la table, Tyler s'installant à côté de moi.

- Hum...lui c'est Tyler, je présente.

- Oui, je vous connais déjà, me répond Apolline.

- Comment ça ? demande Tyler.

- Vous êtes souvent dans les journaux ou à la télé, répond-elle.

- Ah, je savais même pas, marmonne Tyler.

- Et tu viens de quel continent ? je demande pour changer de sujet.

- Du continent B, me répond-elle.

Je ne sais pas quoi répondre. Un malaise s'installe entre nous.

- Enfin bon, je dois y aller, finit par annoncer Apolline en se levant.

N'attendant pas de réponse, elle prend son plateau et s'éloigne.

- C'était très...catastrophique. Et gênant. En fait, c'était horrible. J'écouterai plus tes idées, me dit Tyler.

Je ris.

- Je pensais pas que ça se passerait comme ça, je réponds.

- Enfin bref, tu as fini ?

- Oui, allons-y.

Nous quittons la cafétéria, puis nous installons sur un banc à l'ombre, qui se situe dans la cour. Pendant quelques minutes, nous ne trouvons rien à dire. Nous restons là à contempler les étudiants circuler.

- Megan, d'ailleurs...commence Tyler.

Il ne finit pas sa phrase.

- Quoi ? je lui demande.

Comme il ne répond pas je me tourne vers lui et le regarde. Je sens mon cœur battre la chamade. Alors Tyler se penche vers moi, et nous nous embrassons.

FIN

Chapitre bonus:

Le monde futuriste

Les continents et la planète Terre

A ce moment, les continents se sont séparés par le mouvement des plaques et un grand séisme, entraînant la division des continents en dix continents.

Évidemment c'est un événement qui a peu de chances d'arriver. Cependant au fil des ans les territoires bougent et changent. Ainsi un continent dans cette histoire n'a pas de pays, ils n'existent plus, un continent n'a pas de capitale, et chacun a un système différent. Dans ce futur aussi tous les continents sont développés et ont les mêmes moyens, cependant certains ont préféré garder un mode de vie actuel.

Présentation de chaque continent :

1- Continent A :

Le continent A est le plus peuplé. Il équivaut à la Chine, une partie de la Russie et les îles autour du Japon et de la Corée, dans les plus connus. C'est un continent paisible, et malgré sa haute population chacun est nourri à sa faim. Les citoyens sont libres, il y a une vingtaine de représentants du peuple qui représentent chaque domaine. Les représentants servent uniquement à proposer une nouvelle idée, votée ensuite par le peuple, et l'idée peut être mise en place uniquement si la plupart des citoyens acceptent l'idée.

Enfin ils ont inventé là-bas le système de route électromagnétique dans le ciel, un système très pratique et installé dans la plupart des continents. Ils ont une technologie très avancée et ils sont parvenus aussi à placer une égalité totale entre chaque personne.

Cependant il y a toujours là-bas des meurtriers, et la justice prend en charge des affaires, mais les coupables sont plus rapidement identifiés.

2- Continent B :

Le continent B équivaut à une partie de l'Amérique du Nord : le Canada et l'Alaska. Les lettres de chaque continent sont données selon leur population. Ainsi le continent B est le deuxième plus peuplé. Cependant ils gardent une partie de notre système actuel, c'est-à-dire que c'est une république. Cependant là aussi l'égalité est entièrement établie. Il y a là les routes électromagnétiques, aussi ils ont inventé les espaces ART, ce sont des parcs avec des murs blancs où il est libre de taguer, peindre, écrire, dans le respect des lois et des autres. Ces parcs sont dans toutes les villes, c'est un système très pratique qui évite les tags sur les bâtiments de la ville, ainsi une dégradation des biens de la société.

Ils ont également inventé les voitures anti-pollution. Actuellement existent les voitures électriques, et bien ces voitures ont été améliorées, pour ainsi être compatibles avec les routes électromagnétiques.

3- Continent C :

Le troisième plus peuplé. Ce continent équivaut à une partie des États-Unis. Ils ont gardé une république aussi, mais ont aussi refusé les nouvelles technologies des autres continents. Dans ses débuts le continent était paradisiaque car il n'y avait plus de problèmes justiciers, et les études ont été adaptées, mais il y avait beaucoup plus d'heures de travail et plus du tout de week-end pour les adultes. Cependant au bout d'une vingtaine d'années, les enfants ont changé, car les parents étaient trop occupés par leur travail. Ainsi les pouvoirs se sont révoltés par la quantité de travail des adultes qui utilisaient leur pouvoir et par l'usage inutile du pouvoir par les enfants.

De plus un nouveau président a été élu à ce moment, qui était corrompu et a créé l'organisation des cagoules noires dans le but tout d'abord d'accueillir les enfants afin de les élever et de leur apprendre à contrôler leur pouvoir. Cependant tous se méfiaient de cette organisation, et ça ne marchait pas.

C'est pourquoi le gouvernement a finalement décidé de faire des expériences sur les pouvoirs puissants. Ensuite ils sont allés jusqu'à vouloir conquérir tous les continents avec un pouvoir mortel, pouvoir créer des soldats…

4- Continent D :

Il équivaut à l'autre partie des États-Unis. Le continent D a rarement des problèmes, il est allié avec le continent E et lui ressemble beaucoup, seulement il n'y a pas encore de paix absolue, mais d'ici quelques années ils y parviendront. Avec le continent E, ils ont créé le projet Lune, dans le but de vivre sur la Lune. Ils ont inventé des moyens d'installer de l'oxygène sur la Lune et ont créé des stations spatiales habitables. Ils ont aussi installé de l'eau, cependant les moyens de se nourrir sont plus compliqués à trouver.

Le continent D a juste quelques représentants, comme le continent A, qui peuvent soutenir les projets des citoyens et leurs idées. Ils ne décident pas des lois.

5- Continent E :

Le plus stable des continents. Correspond à l'Italie, l'Espagne, la Suisse, la France, le Royaume-Uni et l'Allemagne. Il y a eu en effet une guerre sur la partie française avant la création des continents. Cette guerre était entre les pays du continent, sauf la Suisse, indépendantes. À la suite de cette guerre ils ont décidé de réunir les pays entre eux, créant le continent E. Ils ont réussi à installer un équilibre et à supprimer les problèmes de justice. Ils ont aussi créé de nouveaux satellites performants.

6- Continent F :

Le continent F est l'équivalent du nord de l'Afrique. C'est un continent avec des plages magnifiques. Ce continent n'a aucun représentant, tous les citoyens sont libres. Ils ont là-bas inventé les avions qui peuvent se téléporter sur une petite distance et qui sont plus rapides tout en ne polluant pas.

7- Continent G :

Il équivaut au sud de l'Afrique. Comme le continent F, il n'y a aucun représentant et les citoyens sont libres. Le continent G est allié au continent F. Ils ont inventé un moyen pour les déchets : ils ont crée sur une grande île déserte une déchetterie, où sont recyclés chaque déchet grâce à des machines, et d'ailleurs cette méthode est appliquée sur tous les continents, les citoyens font un effort et il n'y a plus aucun déchet dans les rues.

8- Continent H :

Il correspond à l'Australie et la Nouvelle-Zélande. Ce continent garde des traditions d'îles comme Tahiti. C'est devenu un petit continent rassemblant des îles. Ils ont de nombreux parcs naturels pour les animaux et restent proches de leur environnement.

9- Continent I :

Il équivaut à la partie Est de l'Europe et l'Ouest de l'Asie, cependant plus au Nord, c'est un continent polaire. Il n'y a pas beaucoup d'habitants qui chacun vivent librement. Il n'y a aussi aucun problème de justice. Ils ont réussi à installer une vie normale et sans contrainte dans un milieu habité par des animaux polaires.

10- Continent J :

Il correspond à l'Amérique du Sud. Ce continent n'est pas habité, c'est un continent naturel où peuvent vivre les animaux et plantes et s'y développer naturellement.

Les inventions :réseau, téléphones

Les nouveaux satellites permettent une connexion réseau et Wi-Fi illimitée, gratuite, sans forfait et de partout sur Terre. Ils permettent aussi une géolocalisation précise. Ainsi la connexion (actuellement 4G ou 5G) ne bugue pas, il n'y a pas de forfait à payer chaque mois, et elle est présente de partout sans avoir à activer les données mobiles ou le/la Wi-Fi.

Les téléphones portables ne bugue pas non plus, ils n'abîment pas la vue et ne présentent aucun risque. Ils sont plus résistants et n'ont pas besoin de coque, ils présentent aussi plusieurs modes d'utilisation.

Les questions :

Pourquoi l'espion Mr Couspolata s'est suicidé ?

Mr Couspolata s'est suicidé car Megan l'aurait dénoncé. Ensuite, il aurait eu un procès, et la corruption du gouvernement du continent C aurait été révélée, ce qui aurait pu entraîner une guerre contre le continent C, ou du moins, une invasion. Chaque membre du gouvernement aurait été arrêté et aurait eu une peine capitale.

Qui est Megan Stones ?

Le personnage principal de l'histoire. Elle a au début 17 ans, et à la fin 18. Son pouvoir est mortel. Pendant l'histoire, on apprend beaucoup sur ses difficultés quotidiennes et surtout dans le milieu social. Elle est proche de sa mère qui la soutient du mieux qu'elle le peut. Cependant, elle est distante avec son père qui a plus de mal à aider Megan, de par le fait qu'elle tue des personnes, et par son métier dans une grande entreprise qui fait qu'il a souvent été absent. Cependant Lana, sa sœur, reste une personne très proche de Megan qui l'a aidée à penser différemment. Megan a été harcelée pendant toute sa scolarité à l'école, et au collège, par son pouvoir différent.

Remerciements

Je tiens à remercier toutes les personnes qui m'ont aidée et soutenue dans ce projet :

Ma sœur, Laurie, qui a réalisé la couverture et m'a aidée à corriger et finaliser l'histoire !

Mes amis qui ont lu cette histoire, m'ont conseillée et soutenue dans l'écriture de mon livre !

Mes parents et mon frère, qui m'ont aidée à éditer ce livre, et m'ont aussi soutenue !

Toute ma famille qui m'a encouragée dans mon projet et a lu mon histoire !

Ma professeur de français qui m'a conseillée !

Table des matières

Composition et mise en page: Ambre Sabatier